Martina Wildner

Der Himmel über dem Platz

Martina Wildner

DER HIMMEL ÜBER DEM PLATZ

Roman

BELTZ
& Gelberg

Martina Wildner wurde 1968 im Allgäu geboren. Nach einigen Semestern Islamwissenschaften studierte sie an der Fachhochschule Nürnberg Grafikdesign. Sie lebt als freie Autorin mit ihrer Familie in Berlin. Bei Beltz & Gelberg erschienen von ihr bisher unter anderem die Romane *Jede Menge Sternschnuppen* (Peter-Härtling-Preis), *Königin des Sprungturms* (Deutscher Jugendliteraturpreis) sowie die drei schaurigen Abenteuer mit Hendrik, Eddi und Ida: *Das schaurige Haus* (nominiert für den Deutschen Jugendliteraturpreis), *Die Krähe am unheimlichen See* und *Der verfluchte Baum.*

MIX
Papier aus verantwortungsvollen Quellen
FSC® C089473
FSC www.fsc.org

Dieses Buch ist erhältlich als:
ISBN 978-3-407-75848-4 Print
ISBN 978-3-407-75859-0E-Book

in der Verlagsgruppe Beltz · Weinheim Basel
Werderstraße 10, 69469 Weinheim

Lektorat: Frank Griesheimer
Einbandgestaltung: Felicitas Horstschäfer
Herstellung und Satz: Viola Felicitas Hessemer
Druck und Bindung: Beltz Grafische Betriebe, Bad Langensalza
Printed in Germany
1 2 3 4 5 6   24 23 22 21

Weitere Informationen zu unseren Autoren und Titeln
finden Sie unter: www.beltz.de

MÄDCHEN : JUNGEN

Das ist das Schöne am Fußball: Alles ist einfach und klar. Ein Tor ist ein Tor, ein Dribbling ein Dribbling und ein Fallrückzieher, falls man ihn kann, ein Fallrückzieher.

Das normale Leben hingegen ist voller Uneindeutigkeiten und Halbwahrheiten. Noch verwirrender wird es, wenn sich das normale Leben mit dem Fußball mischt. So wie an jenem Tag.

Auf dem Platz begrüßte mich keine, nicht mal unsere Trainerin sah mir richtig in die Augen. Während des Trainings bekam ich nie den Ball zugespielt, kein einziges Mal. Meine Mitspielerinnen rannten an mir vorbei, als wäre ich unsichtbar, und reagierten auch nicht auf mein Zurufen. So lief ich ziellos hierhin und dorthin, erschöpft von der Sinnlosigkeit meines Tuns und von der unglaublichen Hitze, die sich zwischen den hohen Häusern staute.

Langsam wurde mir klar, dass da wohl jemand etwas ausgeplaudert hatte.

Nach Trainingsschluss trabten wir zu dem Kübel, der, wie an Tagen um die 30 Grad üblich, bis an den Rand mit Wasser gefüllt am Spielfeldrand stand. Fabienne steckte den Kopf hinein und schüttelte das Wasser mit einem Schwung aus ihrem langen, blonden Pferdeschwanz, sodass alle nass wurden.

Ich wollte auch zu dem Kübel, aber ich wurde weggedrängt. Deswegen blieb ich ein wenig abseits stehen, atmete die staubige Luft des Kunstrasenplatzes ein, klopfte mir das Granulat von den Stutzen und wischte mir den Schweiß von der Stirn. Es war einfach zu heiß für alles.

Plötzlich bekam ich einen Stoß von hinten. Ich fiel nach vorne und landete mit dem Bauch auf dem feuchten Kunstrasen. Bevor ich etwas sagen konnte, zischte Paula: »Du liegst im Weg!«

»Du hast doch mich geschubst!«, antwortete ich, während ich mich aufrappelte. Mein Trikot war am Bauch patschnass. Das war eigentlich angenehm, eine Erfrischung, doch die anderen schauten mich böse an.

»Mit Verräterinnen reden wir nicht mehr«, sagte Paula und verschränkte die Arme.

»Ja!«, sagte Gesa. »Wer zu Stern 09 geht, braucht sich nicht zu wundern.«

»Was? Ich? Zu Stern 09?«

Die anderen schauten noch finsterer drein. Stern 09 war unser Feind, denn sie waren die einzige ernst zu nehmende Konkurrenz in der Liga. Man ging da nicht hin, wenn man beim FFC war.

»Wer erzählt denn so etwas?«, fragte ich.

Keine antwortete.

»Fabienne?«

»Ich hab gar nichts erzählt!«

»Nein, ich meine, hat dir Betty …?« Fabienne war meine beste Freundin im Team, deswegen wandte ich mich an sie, in der Hoffnung auf Gnade.

»Nein, hat sie natürlich nicht.« Fabienne drehte sich weg.

»Haha!«, machte Paula. »Wir sind unserem *Star* zu lahm! Zu lahaaam, lahaaam!« Hätte ich heute bloß nicht dieses uralte Philipp-Lahm-Trikot angezogen. Sie und Gesa hüpften herum und taten so, als gingen sie mit Krückstock. Die anderen lachten fies.

»Ich geh doch gar nicht zu ...«, sagte ich. Eigentlich wollte ich erklären, dass ich nie und nimmer vorhatte, zu Stern 09 zu gehen. Ich wollte wechseln, ja, aber zu Blau-Weiß, in eine Jungenmannschaft, die meinem Team völlig egal sein konnte.

»Ach, sei einfach still«, unterbrach mich Paula. »Kommt, gehen wir!«

Die anderen gingen mit ihr mit und verschwanden in der Umkleide. Ich stand mit hängenden Armen da in der glühenden Nachmittagshitze auf unserem kleinen Fußballplatz zwischen den hohen, mit Graffiti besprühten Brandschutzmauern der Häuser.

FLY HIGH, stand da, in fetten, schwarzen Buchstaben. Ich las diese Worte immer, normalerweise beflügelten sie mich. Doch jetzt machten sie mich wütend. Hoch fliegen! Ich war ja größenwahnsinnig! Was wollte ich bei den Jungs?

Ich wartete am Bahnsteig auf die S-Bahn. Die Luft flimmerte über den Gleisen.

»Hast du was ausgeplaudert? Ich meine, aus Versehen vielleicht?« Ich war froh, Betty am Handy erreicht zu haben.

Den Verein zu wechseln lag in der Natur des Fußballspielers – und der Fußballspielerin. Trotzdem war es auf gewisse Weise verboten, ein Betrug am alten Verein. Wechseln wurde, egal wie man es anstellte, bestraft.

»Ich? Nein, nie im Leben«, antwortete Betty.

Ich wusste nicht, ob sie die Wahrheit sagte. Seit dem Training fragte ich mich, woher die Mädchen aus meinem Verein von der Sache erfahren haben könnten, denn außer mit Betty hatte ich mit niemandem darüber gesprochen.

»Ehrlich!«, rief Betty. »Ich hab nichts erzählt! Warum sollte ich auch?«

Ja, warum sollte sie? Zwar kannten sich Betty und Fabienne schon seit dem Kindergarten, doch Fabienne war meine Fußballfreundin und Betty war meine Schulfreundin. Keine nahm der anderen etwas weg. Das waren zwei voneinander getrennte Welten.

Die S-Bahn fuhr ein, und ich sagte: »Na ja, vielleicht hat mein Vater ja den Mund nicht halten können.«

»So wird es sein«, sagte Betty und lachte irgendwie erleichtert. Ich lachte auch.

Nein, ich wollte nicht auch noch mit Betty Streit haben.

Eine quälende und viel zu lange Nacht folgte. Die Dachwohnung meiner Mutter heizte sich im Sommer gnadenlos auf. Am Abend hatte ich mehrere Male Fabienne geschrieben, um ihr zu erklären, dass ich nicht zum Feind wechseln wollte, sondern nur in eine Jungenmannschaft, und das auch nur vielleicht.

Sie hatte nicht geantwortet. Wahrscheinlich hatte Betty halt doch geplaudert, weil sie wahrscheinlich gar nicht wusste, was man mit Wechselgerüchten anrichten konnte. Oder man hatte es mir angesehen? Vielleicht strömte jeder, der wechseln wollte, einen gewissen Geruch aus. Ja, den Wechselgeruch. Über diesen Gedanken schlief ich ein.

Eigenartigerweise fehlte Betty am nächsten Morgen in der Schule; sie war selten krank, weshalb ich ihr Fehlen als schlechtes Gewissen wertete. Wahrscheinlich hatte sie Fabienne eben doch etwas erzählt. Aber warum?

Jetzt saß ich in einer winzigen, stickigen Umkleidekabine, die eigentlich für die Schiedsrichter gedacht war. Gleich würde ich bei meinem neuen Verein vorspielen. Mir war klar: Wenn ich im Probetraining versagte, hatte ich nichts mehr, weder mein altes Mädchenteam noch die neue Jungenmannschaft.

Also höchste Konzentration! Ich fasste Mut, indem ich tief einatmete, und überprüfte den Knoten meiner Schnürsenkel. Dann verließ ich die Kabine und ging die Treppe hinunter zum Treffpunkt im Erdgeschoss, wo der Platzwart in einem verglasten Kasten saß. Eine große Digitaluhr zeigte 16.51 Uhr. Um fünf Uhr ging es los, doch schon drei Minuten später hörte ich im Treppenhaus Geschrei und das Quietschen der Kunstrasennoppen auf dem PVC.

Noch ein paar Sekunden, dann würden sie mich sehen.

Ich hatte mein Haar zurückgebunden und trug ein dünnes, blaues Stirnband.

»Stopp, Jungs!«, rief der Trainer – er hieß Jurek – und wühlte sich durch die Horde. Die Jungs blieben stehen.

Jurek, er mochte etwa 25 Jahre alt sein, wandte sich an die Jungs und deutete auf mich.

»Hört zu: Das ist Jo. Sie hat bei uns ein Probetraining, alles klar?«

Ein paar Jungs musterten mich von oben bis unten, sehr kurz und sehr abschätzig. Aber das war vorauszusehen gewesen, denn ich war ein Mädchen und noch dazu hässlich: ein Mädchen mit dünnem, schnittlauchglattem Haar, Kartoffelnase, matschgrünen Augen, schmalem Mund und zu großem Kinn. Ich hatte eckige Schultern und praktisch keine Taille. Rasch interessierte sich die Horde schon nicht mehr für mich und drängte sich lärmend an mir vorbei zur Tür hinaus, jeder in seinem blauen Trainingsshirt. Weil dadurch alle gleich aussahen, waren mir nur zwei Jungs auf den ersten Blick aufgefallen: einer mit knallrotem Haar wie Ron Weasley und einer mit Undercut.

Ich folgte ihnen auf den Platz. Es war ein riesiges Gelände, das ein wenig im Niemandsland lag, zwischen Autobahn, Schrebergärten und dem Flughafengelände. Gerade flog eine startende Maschine über unsere Köpfe hinweg. Das Geräusch war laut, doch die Jungs schien es nicht zu stören. Sie waren daran gewöhnt, schlenkerten ihre Beutel und übten Bottle-Flips. Einmal kullerte eine Flasche über den Boden, einer kickte sie weg, ein andrer stolperte drüber, keiner hob sie auf. Als ich es tat und sie dem Werfer zurückgab, lachten alle.

Auf dem Platz schnappte sich der Rothaarige einen Ball und jonglierte damit. Ich zählte mit und hörte bei 163 auf. Später balancierte er den Ball eine halbe Minute auf dem Kopf, um ihn von dort auf die Hacke fallen zu lassen und ihn wieder nach vorne zu kicken, wo er weiterjonglierte. Wenn das alle hier so beherrschten, konnte ich einpacken.

Dann begann das Training. Schon das Erwärmungsprogramm war zehnmal anstrengender als das bei meiner Mädchenmannschaft. Wir machten komplizierte Passübungen, und ich musste mich sehr konzentrieren, um mithalten zu können.

Eine Übung kannte ich gar nicht und vor Aufregung verstand ich auch Jureks kurze Erklärung nicht richtig. Gleich der erste Ball ging total daneben und der Undercut stöhnte hörbar auf.

Als mir die Übung beim zweiten Mal auch nicht gelang, drehte er sich genervt weg, und als ich den Ball das dritte Mal bekommen sollte, schoss er ihn mir so scharf zu, dass ich ihn gar nicht kriegen konnte. Irgendjemand lachte.

Mein Kopf musste ganz rot sein inzwischen.

Zum Glück war jetzt erst einmal Trinkpause, danach sollte ein kleines Spiel stattfinden. Ich hoffte, da punkten zu können.

Jurek teilte die Mannschaften ein und fragte mich nach meiner Position.

»Wo spielst du normalerweise?«

»Äh ...«, sagte ich zögernd. »Am liebsten Mittelfeld oder ... Sturm.«

»Sturm!«, rief der Undercut, der übrigens Niclas hieß, und lachte meckernd. Die anderen lachten mit.

»Ruhe!«, schnauzte Jurek. »Gut. Jo spielt im Mittelfeld. Also los.«

Wir nahmen unsere Positionen ein.

Im Spiel durfte ich nichts falsch machen, auf gar keinen Fall.

Ich hatte drei Ballkontakte. Aus dem einen resultierte ein Fehlpass, der andere belief sich auf eine kurze Berührung, denn der Rothaarige luchste mir den Ball sofort ab, beim dritten machte ich einen fantasielosen Rückpass. Sehr indirekt diente er zwar dem Spielaufbau, und danach, nach sieben weiteren Ballkontakten fiel sogar ein Tor für unsere Mannschaft, aber mehr hatte ich nicht zum Spiel beigetragen.

»So, Schluss! Da habt ihr noch nicht alles gezeigt. Das will ich morgen besser sehen. Beim nächsten Training gibt's Noten. Also: Bälle und Hütchen einsammeln und die Leibchen auf den Haufen!«

Ich zog mein Leibchen aus und legte es auf den Kunstrasen. Die Jungs warfen sie, eins flog mir ins Gesicht.

»Ron!«, rief Jurek. Der rothaarige Junge hatte geworfen. Hieß er tatsächlich Ron? »Niclas! Jo! Misha! Ihr tragt das Tor da rüber.«

Niclas machte eine Grimasse. Ron und er fassten auf der einen Seite an, Misha und ich auf der anderen. Misha und ich mussten rückwärtsgehen. Ich stolperte.

Niclas sagte was zu Ron, sie sahen her, dann tuschelten sie irgendwas. Ich verstand: »Mann, nicht mal ein Tor kann sie tragen. Ey, sie ist voll der *pain in the ass.*«

»Höhö«, machte Ron und lachte.

Die Schiedsrichterkabine war klein und man war allein. Doch im Moment war ich froh darüber und ließ das Wasser auf meinen Rücken prasseln. So stand ich ein paar Minuten unter dem harten Strahl. Ich war *pain in the ass.*

Was hatte ich nur getan? Mein Mädchenteam hasste mich, weil ich rauswollte, die Jungs hassten mich, weil ich reinwollte.

Ich trocknete mich ab und setzte mich ins Handtuch gewickelt auf einen der zwei Stühle, die es in dieser Schiedsrichterkabine gab. Außerdem standen da ein Tisch und ein Spind.

Ich schaute auf mein Handy. Fabienne hatte mir geantwortet, endlich.

Sie schrieb: *Ach so, du gehst zu den Jungs. Na, wenigstens nicht zu Stern 09.*

Ich fragte: *Wie habt ihr das überhaupt erfahren?*

Fabienne antwortete: *Von Paulas Vater.*

Ich lehnte mich zurück. Also von *meinem*. Wahrscheinlich hatte er vor Paulas Vater angegeben, wie gut und wie schnell ich sei und dass ich beim FFC nicht mehr ausreichend gefördert werde, so wie er das zu mir immer sagte. Dieser Idiot!

Ich hatte nun überhaupt keine Lust mehr, hinunterzugehen in den Vorraum, wo er saß und auf mich wartete. Aber ich konnte ja nicht ewig hier hocken.

»Wo hast du so lange gesteckt?«, fragte er mich, als ich endlich kam.

»Hab geduscht.« Ich schaute ihn nicht an. Warum gingen wir nicht?

»Ist was los?«, fragte er.

Ich schaute immer noch in die andere Richtung. Doch ich hielt es nur drei Sekunden aus, zu schweigen.

»Papa, was hast du Paulas Vater erzählt? Hast du wieder angegeben?«

»Nein, ich ... Wo steckt denn Jurek?« Mein Vater sah sich um.

»Papa«, fuhr ich ihn an. »Was hast du zu Paulas Papa gesagt?«

»Nichts, nur dass du halt wechseln willst. Äh, vielleicht.«

»Sie denken, ich möchte zu Stern 09, weil mir der FFC ›zu lahm‹ ist.«

»Also, das hab ich so nicht gesagt«, antwortete mein Vater und raufte sich die Haare. Offenbar hatte er ein schlechtes Gewissen. Geschah ihm recht. »Und von Stern 09 ... ach, da kommt er ja.«

Auch Jurek hatte sich geduscht. Er hatte feuchtes Haar und roch nach Duschbad.

»Wir wollten noch reden«, sagte mein Vater.

»Ja, genau«, antwortete Jurek.

Ich sagte nichts. Ich war sauer und wollte nicht reden. Worüber denn? Dass ich zu schlecht für die Jungenmannschaft war? Und dass es mein Vater geschafft hatte, es mir auch mit den Mädchen zu verderben?

»Wie war's denn, Jo?«, fragte Jurek. »Hast dich ja prima geschlagen.«

Also verkackt, dachte ich. Er will es bloß nicht so ausdrücken.

»Nein, nein«, sagte der Trainer, der offenbar bemerkte, dass ich unzufrieden war. »Das sah doch schon ganz gut aus.«

»Ich hatte drei Ballkontakte.«

»Die Jungs kennen dich natürlich noch nicht. Das geht allen Neuen gleich.«

»Auch Jungs?«, fragte ich.

»Natürlich!«, rief mein Vater, ohne Jureks Meinung abzuwarten. »Wenn man neu ist, hat es jeder schwer, sogar ein Cristiano Ronaldo. Der war ein Winzling, als er zu Sporting Lissabon kam. Niemand hat ihn ernst genommen.«

O Gott, was redete mein Vater da? Schon vor dem Training hatte er Jurek meine ganze fußballerische Lebensgeschichte erzählt, auch dass ich im Alter von zwei Jahren mit einem Schaumstoffball eine teure Blumenvase umgeschossen hatte und dass der Schaumstoffball ein FC-Bayern-München-Ball war. Das war zu peinlich!

Doch Jurek ging auf den Ronaldo-Vergleich nicht ein. »Na ja, die müssen sich halt erst mal dran gewöhnen, dass da ein Mädchen mitspielt. Das wird schon.«

»Prima«, sagte mein Vater. »Dann kommen wir also morgen wieder?«

Ich wollte einwerfen, dass ich am Mittwoch Keyboardunterricht hatte, doch Jurek sagte schon: »Jawoll, alles klar.«

Wir gingen zum Auto.

»Papa, morgen hab ich Keyboard.«

»Das sagst du halt ab.«

»Jetzt hab ich heute schon den Zahnarzttermin abgesagt.«

Ich hatte meiner Mutter nichts von dem Probetraining bei Blau-Weiß gesagt. Stattdessen hatte ich ihr erzählt, ich müsse mit einer Freundin ein Referat für die Schule vorbereiten.

»Dann verschiebst du es eben«, schlug mein Vater vor.

»Keyboard kann man nicht verschieben.«

»Man kann alles verschieben.«

»Aber ...«

»Das ist wichtig, hörst du? Und Andrea versteht einfach nichts von Fußball.«

»Papa, das ist doch alles Mist. Paulas Vater erzählst du Blödsinn, Mama gar nichts ...«

»Das kriegen wir schon geregelt. Pass auf, wenn du berühmt bist, denkst du an dieses ganze Pillepalle nicht mehr.«

»Papa! Du spinnst doch!«

Mein Vater war ein eigenartiger Mensch. Von seinen Eltern, die schon lange tot waren, hatte er ein winziges Häuschen geerbt, in dem er wohnte, seit er sich von meiner Mutter getrennt hatte. Vielmehr sie von ihm. Aber das ist eine andere Geschichte. In dem Häuschen gab es unten eine kleine Küche und eine Art Wohnzimmer, wo mein Vater schlief, und oben unter dem Dach einen kleinen Raum, der ausgebaut war. Dort schliefen wir, also meine um ein Jahr ältere Schwester Katrina und ich, wenn wir bei ihm waren. Im Garten, der im Verhältnis zu dem Häuschen riesig war, wuchs vor allem Gras, das mein Vater auf einer bestimmten Fläche immer ordentlich auf Fußballrasenlänge mähte.

Dort zupfte er das Unkraut, dort düngte er, und dort zog er mit einem Kreidewagen, den er sich extra angeschafft hatte, die Linien, die das Spielfeld begrenzten. Natürlich gab es auch ein Tor. Die Fußbälle, von denen er immer die besten kaufte, und die orangefarbenen Hütchen, um die ich unter seiner Anleitung Dribbeln übte, verwahrte er sorgsam in einem extra für diese Geräte errichteten Schuppen. Vor dem Schuppen stand ein Fahnenmast und dort hing eine Deutschlandfahne. Manchmal beobachtete ich meinen Vater, wie er selber Jonglieren übte, links, rechts oder im strengen Wechsel. Sein Rekord lag bei 27.

Neben dem kleinen Fußballplatz standen Mirabellen- und Pflaumenbäume, doch mein Vater mochte sie nicht, denn ihre Früchte fielen aufs Spielfeld.

Eine dicke, hohe Thujahecke trennte unseren Garten von unserem Nachbarn. Das war gut: Alle Bälle blieben darin stecken und fielen nicht aufs Nachbargrundstück, wo ein riesiger Molosserhund sein Unwesen trieb. Mit dem Nachbarn war mein Vater zerstritten und der Hund war sein größter Feind.

An der Wand in dem Zimmer, das ich bei meinem Vater mit Katrina teilte, hing auf meiner Seite ein Bild von Cristiano Ronaldo. Viele hassen ihn, viele nennen ihn eitel, aber das ist Neid. Er ist der beste Fußballer der Welt!

Jetzt saßen wir im Auto. Mein Vater hatte die Klimaanlage angeschaltet und schimpfte über den Verkehr und die anderen Autofahrer, die nie so fuhren, wie er sich das vorstellte.

Schließlich, als wir in eine Nebenstraße abgebogen waren, um den Stau zu umgehen – er kannte alle Abkürzungen dieser Stadt –, sagte er: »Du wärst das erste Mädchen dort.«

Blau-Weiß dazu zu bringen, ein Mädchen vorspielen zu lassen, war eine nicht ganz unkomplizierte Angelegenheit gewesen, denn Blau-Weiß war ein echter Männerverein ohne Frauenabteilung. Mein Vater hatte den Kontakt von seinem

Chef, dessen Sohn in der D2 spielte. Der Bruder dieses Chefs war selber Trainer von Blau-Weiß und hatte mich gewissermaßen empfohlen. Ohne diese Empfehlung wäre es wohl nie zu dem Probetraining gekommen.

Natürlich hätte ich es in jedem anderen Verein leichter gehabt, aber es musste unbedingt Blau-Weiß sein, denn Blau-Weiß waren die Besten. In einem schlechteren Verein würde man sich den Stil versauen, so mein Vater. »Die bolzen nur«, sagte er stets.

Er hielt an der Ecke, ich stieg eilig aus, warf die Tür zu und winkte meinem davonbrausenden Vater nach.

BELO HORIZONTE : MANAUS

»Ach, wo kommst du denn her?« Aus dem Nichts war Katrina vor dem Haus aufgetaucht. »Ich dachte, du hast mit Betty ein Referat vorbereitet?«

»Hab ich ja.« Ich hatte Katrina nichts von dem Probetraining bei den Jungs erzählt.

»Wieso hat dich Papa dann hergefahren? Der wohnt doch ganz woanders.«

»Er hat mich nicht hergefahren. Er hat mir bloß meine ... äh ... Schienbeinschoner ... gebracht.«

Katrina konnte einen wirklich wahnsinnig machen. Immer

musste sie widersprechen, immer nachbohren. Das ging sie doch alles gar nichts an.

»Ach so. Aha.«

Ich schloss die Haustür auf. Wir stiegen hoch, in den vierten Stock.

In der Wohnung roch es nach Eierkuchen. Meine Mutter hatte also gute Laune. Hatte sie schlechte, gab es Nudeln mit Tomatensoße.

»Und, seid ihr mit dem Referat vorwärtsgekommen?«, fragte sie mich zur Begrüßung. »Wie war noch mal das Thema?« Sie deckte den Tisch in der Küche.

»Äh, Dings … äh, Bodenschätze in Brasilien.« Ich hatte mir über das Thema gar keine Gedanken gemacht. Wieso fiel mir jetzt ausgerechnet Brasilien ein? Ich wusste doch gar nichts über Brasilien, außer dass Deutschland Brasilien im Halbfinale bei der WM 2014 mit 7:1 geschlagen hatte.

»Oh ja, Brasilien!«, rief meine Mutter. Bei fernen Ländern geriet sie leicht ins Schwärmen. »In Brasilien gibt es ja alles, Gold, Edelsteine, Diamanten …«

»Und Samba …«, sagte Katrina.

»Samba ist kein Bodenschatz.«

»Boden*schätze* gibt's doch nur im Plural.« Katrina war wirklich eine Nervensäge, aber das war mir nur recht. Ein Streit mit ihr brachte meine Mutter von ihren komischen brasilianischen Diamanten weg. Warum hatte ich nicht Saudi-Arabien gesagt? Da wäre mir wenigstens das Erdöl eingefallen.

Die Eierkuchen waren fertig. Sie lagen gestapelt auf einem Teller. Ich schnappte mir gleich den ersten.

»Hey!« Betty stupste mich im Unterricht an. »Ich hab heut Nacht von dir geträumt!«

»Und das fällt dir jetzt ein?«, fragte ich ein bisschen genervt. Ich musste in Mathe immer ziemlich aufpassen, damit ich überhaupt irgendetwas kapierte. Betty dagegen konnte immerzu plappern und bekam trotzdem gute Noten.

»Ja, ich hab geträumt, wir fliegen nach Brasilien.«

»Das hast du dir doch ausgedacht!«

»Nein, ehrlich. Wir waren im Urwald, in Manaus, und haben im Amazonas gebadet.«

»Toll!« Ich schüttelte mich. Mir war Bettys Traum unheimlich, weil ich ja gestern behauptet hatte, wir hätten an einem Referat über Brasilien gearbeitet. Irgendwie musste sich mein Brasilien in ihren Kopf übertragen haben.

»Du, man kann wirklich im Amazonas baden!«, flüsterte Betty. »Es sind ja nur wenige der 40 Piranha-Arten wirklich gefährlich.«

»Ach ja?«

»Jo!«, rief der Lehrer. »Was habe ich eben erklärt?

»Sie haben über ...« Ich glotzte an die Tafel. »Äh, ich hab nicht aufgepasst«, sagte ich.

»Das hab ich gemerkt. Solltest du aber. Fußball ist nicht alles.«

Ich schwieg. Das sagte er nur, weil ich zweimal wegen eines Fußballspiels gefehlt hatte. Betty und ihre Scheißpiranhas!

»Wirst du jetzt eigentlich genommen bei den Jungs?«, fragte sie in der Pause.

»Keine Ahnung. Die Jungs sind total gut.«

»Du doch auch.«

Im Augenwinkel sah ich Fabienne mit ihren Freundinnen über den Hof gehen. Sie war in der Jahrgangsstufe drüber, also in der Neunten. Immerhin nickte sie mir zu.

»Für ein Mädchen vielleicht«, sagte ich zu Betty. »Aber Jungs spielen einfach ganz, ganz anders.«

»Aha. Hm.« Betty verstand vom Fußball nicht allzu viel. »Sehen sie wenigstens gut aus?«

»Äh, weiß nicht. Hab nicht darauf geachtet. Einer hat rote Haare und ein anderer einen Undercut. Er heißt Niclas und ist ...«

»Aaah, ein Niclas!«

»Hör bloß auf! Der ist echt übel.«

»Aber er ist dir im Gedächtnis geblieben. Haarfarbe?«

»Weiß nicht. *Pain-in-the-ass*-blond.«

»Hä? *Pain*-in-die-was-blond?«

»*Pain in the ass*. So reden sie bei Blau-Weiß.«

»Cool, merk ich mir«, sagte Betty. »Eine echte Schule fürs Leben. Und wie hieß der Rothaarige?

»Ron.«

»Witzig. Wie Ron Weasley. Er ist bestimmt süß.«

»Nein, ist er nicht.«

»Und sonst?«, fragte sie.

»Nichts ›und sonst‹. Das war halt Training.«

»Und du willst wirklich zu den Jungs wechseln?«

»Mein Vater sagt, das sei wichtig. Und der Verband sagt es auch.«

»Welcher Verband? Der Wundverband? Der Gipsverband?«

»Oh, Betty! Der Verband eben. Er bestimmt, wer in die Landesauswahl darf. Und wenn man in der Landesauswahl ist, darf man nach Duisburg.«

»Düüüüsburg?«

»Das ist wichtig, das Wichtigste überhaupt.«

»Düüüüsburg, haha ... Ich wüsste nicht mal, wie man das schreibt. Mit wie vielen ü?«

Duisburg war ja auch ein schwieriges Wort: Sah man es, sprach man es falsch aus, hörte man es, schrieb man es falsch. Wo es genau lag, wusste auch keiner, irgendwo in NRW.

Aber Duisburg war wichtig. Dort spielten die Landesauswahlen aller Verbände gegeneinander, dort wurde man für den Nationalkader ausgewählt und dort saßen die Scouts der großen Vereine am Spielfeldrand. Man wurde für den DFB gesichtet und so kam man in die Nationalmannschaft.

»Im Verband und beim DFB heißt es, dass es besser ist, in Jungenmannschaften zu spielen als in Mädchenmannschaften«, erklärte ich.

Betty schüttelte den Kopf. »Versteh ich nicht. Mathilda spielt beim Hockey doch auch in einer Mädchenmannschaft, genau wie Alena beim Handball.«

»Vielleicht ist das wie beim Eishockey«, gab ich zu bedenken.

»Hä? Eishockey? Wer spielt schon Eishockey?«

Mit fünf Jahren hatte mich meine Mutter zusammen mit Katrina beim Ballett angemeldet. An die erste Stunde kann ich mich noch genau erinnern, denn die Ballettlehrerin begutachtete unsere Beine. Mit Katrinas war sie zufrieden, zu meinen sagte sie: »Das wächst sich hoffentlich noch aus.«

Ich verstand nicht, was sie meinte, aber es wuchs sich nicht aus, jedenfalls nicht im nächsten Jahr. Die Beine zu strecken, war mir unmöglich, und beim Plié sah ich aus wie ein Hampelmann. Stattdessen kickte ich lieber die Staubmäuse im Ballettsaal herum, die sich hinter dem Klavier sammelten. Die Ballettlehrerin legte meiner Mutter nahe, für mich etwas anderes zu finden. Von da an ging ich in den Leichtathletikverein. Dort übte ich mit dem Fuß, mit Schlagbällen zu jonglieren, anstatt sie zu werfen, und als ich eine 4-Kilo-Kugel über die Tartanbahn kicken wollte, brach ich mir den Zeh.

Zu der Zeit spielte ich schon mit den Jungs auf dem Pausenhof Fußball – falls ich durfte. Darüber entschied Eric, der Chef vom Schulhoffußball. Manchmal ließ er Gnade walten, aber natürlich wurde ich von ihm sofort angebrüllt, wenn ich danebenschoss. Außerdem musste ich den Ball aus den Brennnesseln holen, und ich wurde hinten reingestellt, dahin, wo ich die anderen – vor allem Eric – nicht beim Toreschießen störte. Dort hinten drin, als Innen- und Außenverteidiger gleichzeitig, musste ich rennen, ackern und mir ans Schienbein treten lassen. Ich rannte und ackerte und wurde zur biestigsten Verteidigerin des Schulhofs. Am Ende dieser Ausbildung hatte ich mich hochgearbeitet und durfte sogar Tore schießen.

Man könnte also meinen, wer eine Fußballausbildung auf dem Schulhof überlebt hatte, bräuchte sich vor einer reinen Jungenmannschaft nicht zu fürchten. Aber das Gegenteil war der Fall. Ein Verein war um vieles härter als ein Schulhof.

Ich ging noch zweimal zum Probetraining bei Blau-Weiß und kam mir immer noch lahmer und schlechter vor. Die meisten der Jungs übersahen mich komplett, und Niclas lachte mich aus, wenn ich den Ball verstolperte, oder er verdrehte die Augen, wenn mein Schuss mit Leichtigkeit vom Torwart abgewehrt wurde.

Mein Vater stand stets am Rand des Platzes und verfolgte das Training genauestens. Im Auto sprach er hinterher über das, was er gesehen hatte, oder über Fußball im Allgemeinen. Ich mochte diese Unterhaltungen nicht besonders.

Wie gesagt, er war ein eigenartiger Mensch. Dauernd plagte ihn eine Mischung aus Größenwahn, was mich betraf, und Minderwertigkeitsgefühlen, was ihn selbst betraf. Er war nie glücklich in seinen Jobs und verstritt sich auf Dauer mit jedem seiner Chefs oder den Kollegen. Dann bekam er Depressionen und ließ sich krankschreiben. Irgendwann wurde ihm gekündigt. Deswegen war seine jetzige Arbeit als Medikamentenkurier eigentlich ganz in Ordnung. Da war er meist allein im Auto unterwegs und seinen heimlichen Krieg gegen alle anderen Autofahrer bekam niemand mit.

Jetzt bremste er scharf und verfluchte einen Radfahrer.

»Bei den Jungs lernst du endlich richtigen Fußball«, sagte er. »Auf einem für dich angemessenen Niveau.«

»Aber Mädchen können doch auch Fußball spielen.« Ich fand es ungerecht, dass er auf dem Mädchenfußball herumhackte. Schließlich hatte ich jahrelang bei FFC gespielt. »Paula zum Beispiel. Sie kann voll gut dribbeln. Und Gesa schießt Ecken so präzise wie Toni Kroos.«

»Darum geht es nicht«, sagte mein Vater.

»Worum denn dann?«

»Es geht um ... schönes Spiel. *Jogo bonito!*«

Den Ausdruck in der fremden Sprache hatte ich natürlich nicht verstanden. »Was soll das sein?«, fragte ich daher.

»Das schöne Spiel eben, das zu Zeiten von Zico, Falcao, Cerezo und Sócrates.« Das hatte er sich bestimmt bei Wikipedia angelesen.

»Meinst du den Sokratis, der mal bei Dortmund war?«, fragte ich.

Mein Vater stöhnte auf. Er erklärte mir, dass er vom letzten Jahrhundert sprach, einer Zeit um 1979, in der dieser Sócrates mit den drei anderen Spielern, die mein Vater aufgezählt hatte, für den brasilianischen Fußball gestanden hatte. *Jogo bonito* sei der portugiesische Ausdruck dafür.

»Und das können Mädchen nicht?«

»Theoretisch vielleicht schon. Aber nicht, wenn es ein zu hohes Leistungsgefälle innerhalb der Liga gibt. Ihr seid ja nur bei zehn Prozent der Spiele wirklich gefordert. Alle anderen laufen so ab: Dem Gegner den Ball abnehmen, ein Pass zu Fabienne oder zu dir, dann vor zu Paula und die drischt ihn rein. Das ist doch kein Fußball!«

Obwohl mein Vater selber nie Fußball gespielt hatte, hatte er unsere Taktik, die in 90 Prozent der Fälle funktionierte, ziemlich genau beschrieben.

Trotzdem ärgerte mich seine Aussage. Er war zwar in der Lage, sich in Rekordzeit Wissen anzueignen und es sich ein für alle Mal zu merken und anzuwenden. Er konnte ein Dach decken, mechanische Uhren reparieren, kannte alle Unterzeitalter des Pleistozän, alle Seemannsknoten und Flugzeugtypen, er konnte Rubik's Cube in zwanzig Sekunden lösen, einen Kabelbaum einbauen, und er verfuhr sich nie, weil er eine innere Landkarte hatte, jedenfalls bezeichnete er das so. Und jetzt wusste er eben plötzlich alles über Fußball. Aber er hatte eben nie gespielt.

»Das ist doch kein Fußball«, wiederholte er.

»Alles ist Fußball«, widersprach ich.

»Aber kein schöner.«

»Gewinnen ist schön. Es ist das, worauf es ankommt.«

»Sogar der berühmte Sócrates sagte, dass Titel nicht alles bedeuten. Wichtiger sei es, *schön* zu spielen.«

Ich zuckte mit den Schultern. Was nützte es, schön zu spielen, wenn man verlor? Nur zu gewinnen war schön. »Und die Jungs spielen dieses komische *Jogodings*?«, fragte ich.

»Weiß nicht. Aber Blau-Weiß ist ein solider Verein mit guter Jugendarbeit.«

Jugendarbeit war so ein Wort. Ein Verein konnte Pleite gehen, dreimal absteigen oder er konnte die schlimmsten Neonazis als Fans haben, doch die Leute sagten immer noch: »Aber die machen eine gute Jugendarbeit.«

»Der FFC macht wohl keine gute Jugendarbeit?«

»Doch schon ... auf seine Weise.« Mein Vater wand sich und stöhnte und seufzte. »Er ... er ... kümmert sich um Mädchen, die anders sind. Aber du bist nicht anders, du bist *gut*«, schloss er.

Zum Training meines Mädchenvereins war ich gar nicht mehr hingegangen. Ich hatte mich aus dem Chat gelöscht, und mein Vater hatte ordentlich gekündigt, was ich etwas voreilig fand, denn noch war ich bei den Jungs ja nicht sicher aufgenommen. Aber zurückzugehen war nach dem, was geschehen war, keine Möglichkeit mehr. Es gab nur noch eine Richtung. Vorwärts.

Nach dem letzten der drei Probetrainings bat Jurek meinen Vater und mich in einen leeren Raum, in dem zwei Tische, mehrere Stühle und ein Flipchart standen. Wir nahmen Platz.

»So, Jo, wie hat es dir bei den Jungs gefallen? Andres Tempo, was?«

»Ja«, sagte ich. »Aber schnell gefällt mir.« Ich war froh, über das Tempo sprechen zu können, was mir tatsächlich besser gefiel.

»Du bist ja auch schnell. Mir gefallen zudem dein Zweikampfverhalten und deine Spielideen«, fuhr Jurek fort, mich zu loben.

Ich schwieg, weil es mir unheimlich war. Die Jungs waren doch viel besser!

»An was möchtest du denn noch arbeiten, wenn du zu uns kommst?«

»Ich ... äh ... an ... meiner Schusskraft.«

Mein Vater nickte. »Wir üben das schon immer im Garten!«

Jetzt erzählte er bestimmt gleich von seinem Minifußballplatz, von der Koordinationsleiter oder womöglich von seiner Idee, sich einen Mähroboter zuzulegen.

»Die armen Rosen.« Jurek lachte.

»Haben wir zum Glück nicht!«

»Dann die armen Nachbarn. Oder habt ihr die auch nicht?«

»Doch, doch, leider ... aber da steht zum Glück die Thujahecke«, sagte mein Vater.

Ich hoffte, dass er nicht weiter auf die Feindschaft zu unserem Nachbarn einging. Doch er fügte hinzu: »Sie hält den Köter vom Nachbargrundstück davon ab, unseren Ball zu zerbeißen.«

Ich wäre am liebsten unsichtbar geworden. Denn noch peinlicher als das Thema Botanik oder Nachbarn war das Thema Hunde. Mein Vater hasste Hunde und konnte angesichts eines solchen Tiers schon mal ausfallend werden.

Glücklicherweise ahnte Jurek davon nichts. Er schien meinen Vater auch nicht übermäßig peinlich zu finden und sagte: »Prima, dann steht ja einer Aufnahme bei Blau-Weiß nichts entgegen.«

Ich konnte es nicht verstehen. Es war so schnell gegangen, es war nicht einmal besonders schwierig gewesen. Ein paar Probetrainings und schwupp, aufgenommen. Und trotzdem war ich nicht glücklich. Bei den Mädchen war es einfach netter gewesen, bis zu jenem einen Tag jedenfalls.

Jurek reichte meinem Vater die Beitrittsformulare, die mein Vater sogleich ausfüllte.

Ich saß daneben und sah ihm dabei zu. Er schrieb langsam und überlegte bei jeder Zeile von Neuem, so, als wolle er auf keinen Fall einen Fehler machen. Schließlich setzte er eine Unterschrift unter das Vertragswerk.

»Du kannst ab sofort am Training teilnehmen«, sagte Jurek

und schüttelte mir die Hand. »Herzlich willkommen bei Blau-Weiß.«

SCHWARZ : WEIß

Zu Hause ließ ich mich auf mein Bett fallen und glotzte erschöpft die Wand an. Ich hatte sie vor Kurzem neu gestrichen, hellgrün. Weil es zu heiß zum Bilderaufhängen war, gab es bislang nur eine Pinnwand mit einem Foto von Cristiano Ronaldo.

Ich überlegte, welche Poster noch fehlten. Natürlich eines von Ronaldo, aber vielleicht auch eines von Messi. Mein Vater sagte, wenn man Ronaldo gut fände, könne man nicht gleichzeitig Messi gut finden, denn man könne ja auch nicht Fan von Real *und* Barça sein, genauso wenig wie von Bayern *und* Dortmund. Aber das sind Männerregeln. Als Mädchen ist man frei von so engstirnigem Schwarz-Weiß-Denken.

Katrina – ich hatte sie gar nicht kommen hören – riss die Tür auf.

»Wo hast du meine Socken hin?«

»Welche Socken?«

»Die uns Mama gekauft hat.«

»Die hab ich nicht.«

Katrina durchmaß mit großen Schritten mein Zimmer und riss die Sockenschublade auf.

»Und was ist das?« Sie hielt ein Paar schwarze Sportsocken hoch. »Das sind meine.«

»Ich dachte, deine sind die weißen.«

»Nein, meine sind die schwarzen.«

»Echt?« Angestrengt überlegte ich, welche meine Mutter vor einer Woche mir gegeben hatte. Ich wusste es nicht, ich wusste nur, dass wir ewig diskutiert hatten, weil Katrina zunächst die weißen ganz schrecklich fand. Dann war ihr aber eingefallen, dass die weißen doch irgendwie besser waren, denn bei den schwarzen konnten dunkle Fusseln zwischen den Zehen hängen bleiben. Wir hatten mehrmals hin und her getauscht, weil Katrina mehrmals ihre Meinung geändert hatte.

»Mann, ja!« Sie schnupperte dran. »Hast du die etwa schon mal angehabt?«

»Kann sein.«

»Iiiih!«

»Ich dachte eben, du wolltest lieber die weißen.«

»Nein, ich hab dir doch erklärt: Die schwarzen passen besser zu meinen schwarzen Leggins.«

»Du kannst sie ja nehmen«, bot ich an.

»Aber nicht, wenn du sie schon mal anhattest.«

»Ich hab sie nicht angehabt.«

»Vorhin hast du gesagt, du hättest sie angehabt.«

»Ich sagte, kann sein.«

»Mann, warum weißt du das nicht?«

»Weil ich circa eine Million Sportsocken habe, deswegen.«

»Ja, und das ist voll unfair. Immer kriegst du Socken und ich nicht.«

»Weil ich halt so viele brauche«, erklärte ich.

»Ich brauche auch viele!«

»Das stimmt doch gar nicht. Für Ballett braucht man keine Socken.«

Katrina sah mich wütend an. »Du hast doch überhaupt keine Ahnung!«, sagte sie, ließ die Socken zurück in die Schublade fallen und stampfte aus dem Zimmer. Die Wände bebten, als sie die Tür zuschlug.

Vielleicht war das Leben doch so schwarz-weiß, wie mein Vater annahm: Ronaldo oder Messi, schwarze oder weiße Socken, Katrina oder ich, Amazonas oder Aquarium, verloren oder gewonnen.

Zum Abendessen gab es Hühnerfrikassee, was ich als günstig für ein strategisches Gespräch mit meiner Mutter einschätzte.

»Papa fände es gut, wenn ich mal ein Probetraining bei einer Jungenmannschaft machen würde«, sagte ich.

»Meine Güte, das möchte er ...? Er redet wirklich viel, wenn der Tag lang ist!«

»Mama, die vom Verband ... die sagen das auch. Sie sagen, man wird nur besser, wenn man bei den Jungs spielt. Das weißt du doch. Und Papa ...«

»Dein Vater hängt sein Fähnchen nach dem Wind.«

Ich hasste das. Wenn sie über meinen Vater sprach und sich dabei ärgerte, benutzte sie immer Floskeln. Er *versteht nur Bahnhof*, er *hat Männerschnupfen*, er *lässt sich von jedem ans Bein pinkeln* und so weiter.

»Ich selbst möchte natürlich auch besser werden«, entgegnete ich möglichst ruhig. Es schien mir wichtig, »ich« zu sagen und sachlich zu bleiben. »Morgen wäre ...«

»So?«, unterbrach mich meine Mutter. »Also ist das alles von euch schon durchgeplant?«

»Nein, nein, gar nicht. Es wäre nur eine Möglichkeit. Papa würde sich drum kümmern.«

»Da nimmt er den Mund aber wieder voll. Am Ende kann ich wieder schauen, wo wir bleiben.«

Gleich zwei Floskeln. »Zum Jungenverein wäre es außerdem näher als zum Mädchenverein«, gab ich zu bedenken.

»Ach?«

»Na ja, von Papa aus. Und die Bahn hält direkt am Platz.«

»So, so.«

»Papa telefoniert auch mit dem Keyboardlehrer.«

Meine Mutter schwieg.

»Mama, du irrst dich«, sagte Katrina unvermittelt. »Ich habe mich nämlich am Schluss dann doch für die schwarzen Socken entschieden.«

Meine Mutter ließ die Gabel sinken und stand auf. »Ach, lasst mich doch in Ruhe mit eurem Mist!« Damit verließ sie die Küche.

Ich hörte, wie das Bett quietschte, auf das sie sich warf.

»So«, sagte Katrina zu mir. »Da bist jetzt du schuld.«

»Nein, du. Du hast doch wieder mit den Socken angefangen.«

»Aber du mit Fußball. Das ist viel schlimmer.«

Ich erwiderte nichts, denn natürlich war Fußball schlimmer als Socken. Aber ich hatte gewonnen. Meine Mutter würde es schlucken, das mit den Jungs. Vermutlich würde sie auch Katrina neue Socken kaufen. Schwarze und weiße, vielleicht auch blaue oder rote.

Katrina nahm sich eine zweite Portion Hühnerfrikassee.

Fünf Minuten später kam meine Mutter aus dem Schlafzimmer, setzte sich an den Esstisch und aß weiter.

»Mach, was für dich gut ist, Kind«, sagte sie zu mir.

Meine Mutter war nicht so dumm, wie mein Vater dachte. Sie war dem Projekt Blau-Weiß natürlich schnell auf die Schliche gekommen, denn sie hatte beim Keyboardlehrer angerufen – und auch beim Zahnarzt – und so erfahren, dass ich Termine abgesagt hatte. Daraufhin konnte sie sich alles halbwegs zusammenreimen und hatte mit meinem Vater gesprochen.

»Also, dass dein Vater gerne mal die Wahrheit mit Füßen tritt, wundert mich ja nicht. Aber dass du dich vor seinen Karren spannen lässt und mir gegenüber das Blaue vom Himmel erzählst, finde ich grenzwertig.«

Gleich drei Floskeln, dachte ich bloß. Aber vielleicht hielten die Floskeln sie aufrecht wie das Exoskelett ein Insekt. Sie war ja jetzt allein mit allem: mit der Stromrechnung, den Elternabenden, den kaputten Waschmaschinen, der Hausverwaltung und den Vereinsgebühren. Sie versuchte eben, den *Ball flach zu halten*, wie eigentlich immer schon.

Damals hatte meine Mutter mich nur innerhalb des Vereins ummelden müssen: von der etwas verschlafenen Leichtathletik-Abteilung in die Fußballabteilung. Für sie war es keine Frage gewesen, dass ich mit Mädchen spielen sollte, vielleicht weil sie selber eine Frau war. Vielleicht hatte sie auch gar nicht darüber nachgedacht. Es war eben praktisch gewesen. Auch mein Vater hatte damals dazu keine Meinung gehabt. Fußball hatte für ihn Bundesliga, Champions League und WM bedeutet. Er hörte am Samstagnachmittag Radio, schaute am Samstag die Sportschau und am Mittwoch Champions League. Er wusste über Fußball das Übliche, zum Beispiel, wann Deutschland das letzte Mal gegen Österreich bei einer WM verloren hatte oder wo Klose seinen letzten Salto gemacht hatte. Was man halt so wusste, wenn man Sportschau guckte. Dass eine seiner Töchter mal selber Fußball spielen könnte, wäre ihm nie in den Sinn gekommen.

Er nahm es auch dann nicht ernst, als er mich schon zweimal in der Woche zum Training beim FFC brachte. Er meinte, es sei nicht nötig, mir Fußballschuhe zu kaufen, denn wahrscheinlich würde ich Fußball nach ein paar Monaten genauso aufhören wie Ballett oder Leichtathletik. Meine Mutter hatte mir schließlich die ersten Schuhe gekauft, von *Lotto,* an die Marke kann ich mich noch genau erinnern. Es waren die billigsten gewesen. Wie gesagt, mein neues Hobby war für alle nur eine vorübergehende Laune gewesen.

Erst als unsere Mädchenmannschaft so erfolgreich wurde und wir zunächst die E-Mädchen-Liga der Stadt nach Belieben dominierten und ich in den Stützpunkt gehen durfte, kapierte mein Vater endlich, was ich da tat, und begann sich zu begeistern. Er eignete sich in kürzester Zeit alles nötige Wissen über den Mädchenfußball, die Fördermaßnahmen, die Ligen und die Vereinslandschaft an, er kannte bald alle Trainer sowie die

Verantwortlichen beim Verband, und es dauerte nicht lang, bis er zu der Erkenntnis gelangte, dass der ganze Mädchenfußball nichts taugte.

GENIE : DISZIPLIN

Die meisten Jungs hatten sich nach ein paar Trainings halbwegs an mich gewöhnt, also an meine Existenz und dass ich Jo hieß und dass ich aus irgendeinem für sie unverständlichen Grund mittrainierte. Außer Niclas und Ron natürlich.

Ron übersah mich einfach und Niclas spielte mir unerreichbare Pässe zu und schimpfte, wenn ich sie nicht bekam.

Insgeheim bewunderte ich Niclas manchmal, wie er sich – ohne auch nur im Traum daran zu denken, den Ball abzugeben – durch die Abwehr dribbelte und manchmal drei, vier Gegner stehen ließ. Immer fand er den Weg zum Tor, immer sah er die Lücke, sein Ball schlüpfte wie durch Magie durch die gegnerische Abwehr und öfter erzielte er allein alle Treffer im Spiel. Er hasste schlechte Pässe und vertane Chancen, er hasste spielerische Dummheit und die Fehler der anderen. Zu verlieren war für ihn das Allerschlimmste, sogar bei einem Trainingsspiel.

Verlor seine Mannschaft doch, beschimpfte er seine Mitspieler, heulte, brüllte und zertrat Bälle. Allen »Nieten« drohte er mit Rausschmiss, so, als hätte er was zu sagen. Wenn er nicht genug Spielzeit bekam, beschwerte er sich bei Jurek. Aber nicht nur Niclas, auch sein Vater forderte regelmäßig Gespräche und genügend Spielzeit ein.

Weil Niclas so toll war, meinte er, Pünktlichkeit sei zweitrangig. Dieser Ansicht war wohl auch sein Vater, der ihn immer mit einem schwarzen BMW zum Platz brachte. Zum Training kam Niclas oft zu spät, zu den Spielen sehr knapp, aber das scherte ihn nicht. Vermutlich dachte er: Die anderen können froh sein, wenn ich überhaupt komme.

Ja, ab und zu bewunderte ich ihn für sein Selbstbewusstsein.

Für das heutige Training war ein Testspiel angesetzt. Der Gegner war unser Nachbarverein, Victoria, und wir hätten eine Rechnung offen, so hatte man mir erzählt.

Anpfiff war 18.30 Uhr. Alle hofften, dass es um diese Zeit vielleicht etwas kühler war, doch als ich um 17.25 Uhr vor dem Vereinsgebäude stand, brannte die Sonne fast noch heißer herunter als mittags. Die Luft war staubig, die Jungs drängten sich in dem löchrigen Schatten, den eine Birke warf. Treffpunkt war wie immer eine Stunde vor Anpfiff.

Jurek kam und begrüßte uns. Alle waren da außer Niclas.

In meiner Schiedsrichterkabine wartete ich, bis mich Jurek zur Mannschaftsbesprechung holte. Ich beugte mich hinunter, um noch einmal meine Schuhe zu binden. Da entdeckte ich die Schrift. FLY HIGH. Wie merkwürdig. Das stand doch auch an der Hauswand bei meinem alten Platz. Doch ich kam nicht dazu, weiter darüber nachzudenken, denn jetzt klopfte Jurek, um mich zur Mannschaftsbesprechung zu holen.

Bei der Besprechung fiel mir sofort auf, dass Niclas immer noch nicht da war.

»Hat Niclas abgesagt?«, fragte Otto, unser Torwart.

»Nein, hat er nicht«, sagte Jurek und schaute verärgert auf seine Armbanduhr. Dann wandte er sich an alle: »Ihr wisst, dass wir technisch die bessere Mannschaft sind. Ich will das aber mal auf dem Platz sehen. Kämpft um die Bälle! Ihr seid Blau-Weiß!« Dann gab er den Innenverteidigern ein paar Hinweise. Der Gegner würde vorne einen ziemlich großen, muskulösen Jungen haben, der auch mal ein bisschen rauer spiele. Kuno rieb sich die Hände. Er war selber groß und kannte keine Gnade. Ahmed dagegen, der wie ich eher klein war, machte ein verzweifeltes Gesicht. Die Jungs von Victoria hatten keinen guten Ruf. Ihr Trainer brüllte nur herum.

»Und du, Jo«, sagte Jurek, »du spielst vorn. Du bist genauso schnell wie Niclas.«

Die Jungs murmelten vor sich hin. Ich ballte im Geist die Fäuste. Denen würde ich es schon zeigen.

Draußen traf uns die Hitze wie eine Wand.

»Es hat 32 °C«, sagte Otto und krempelte die Ärmel seines dicken Torwarttrikots hoch.

Wir gingen zum Platz. Dort kam es mir noch stickiger vor, über dem Kunstrasen flimmerte die Luft. Als wir die Bälle aus dem Sack holten, sagte Otto: »Ach, er kommt ja doch noch.«

Niclas schlenderte auf uns zu. Besonders eilig schien er es nicht zu haben.

»Du bist 15 Minuten zu spät«, sagte Jurek.

»Ist doch nur ein Testspiel«, sagte Niclas.

»Das ist egal. Wer zu spät kommt, spielt in der ersten Halbzeit nicht. Du kennst die Regeln.«

Ich ahnte schon vor dem Anpfiff, dass es schiefgehen würde. Nicht nur der Junge vorne im Angriff war groß und muskulös, alle waren es, bis auf die zwei Außenverteidiger. Wir waren schockiert.

»Ey, die sind doch nie im Leben C2, oder?«, fragte Ahmed. Die anderen zweifelten gleichfalls am Alter unserer Gegner, doch man konnte nichts machen. Es war erlaubt, Spieler aus dem älteren C-Jahrgang mitspielen zu lassen, und der Schiedsrichter, den gemeinerweise Victoria stellte, pfiff das Spiel an.

Unsere Verteidiger wurden von den Angreifern von Victoria niedergerannt. Ich selber hatte gegen einen hünenhaften Innenverteidiger zu kämpfen – falls ich mal an den Ball kam, was so gut wie nie geschah, weil er meist irgendwo im Mittelfeld hängen blieb.

Nach sieben Minuten stand es 0:2 für unsere Gäste. Dann gelang es uns, vielleicht weil die Hitze auch den anderen zusetzte und sie schon führten, diesen Rückstand 21 Minuten lang zu halten. Immerhin kamen wir ein paarmal in Tornähe, doch mir gelang nur einziges, verhungertes Schüsschen nach einer Ecke. Zwei andere Male gab ich einen Ball kurz vor dem Tor ab – ohne dass der andere Spieler die Situation nutzen konnte. Kurz vor der Pause verließen uns dann doch die Kräfte und hintereinander fielen das 0:3 und das 0:4 aufgrund von überflüssigen Abwehrfehlern.

»Ja, ja«, sagte Niclas in der Pause zu Jurek. »Hättest du mal lieber mich spielen lassen.«

Die anderen sagten nichts. Vielleicht dachten sie es ja auch. Niclas hätte kein Schüsschen abgegeben wie ich, sondern einen Schuss, und mit einem schnellen Dribbling durch die Abwehr hätte es vielleicht wenigstens 2:2 gestanden.

»In der zweiten Hälfte spielt Jo als linker Außenverteidiger und Niclas vorn«, erklärte Jurek. »Misha und Benni gehen raus, stattdessen kommt Kuno rein. Sonst bleibt alles, wie es war. Macht das Beste draus.«

In der zweiten Hälfte schoss Niclas, der wie besessen wirkte, gleich in der dritten Minute ein Tor, was von allen ziemlich bejubelt wurde. Aber anscheinend kam auch ich in meiner Rolle als Außenverteidiger besser mit meinem Gegenspieler klar als Benni. Meine Seite blieb dicht. Niclas schoss das 2:4 und das 3:4, und alle schrien: »Niclas, Niclas!«

Doch Niclas vertrug die Hitze nicht. Er hatte nach 20 Minuten einen roten Kopf und torkelte nur noch über den Platz. Seine Schwäche brachte uns durcheinander und das nutzte Victoria, um das 3:5 und das 3:6 zu schießen. So endete das Spiel.

Kaum war der Schlusspfiff verklungen, stürzte Niclas' Vater auf Jurek zu.

»Warum hast du Niclas nicht gleich spielen lassen?«, brüllte er ihn an.

»Niclas ist zu spät gekommen.«

»Er war doch pünktlich zum Spiel da.«

»Es geht darum, pünktlich zum Treffpunkt zu kommen.«

»Aber du schneidest dir doch mit solchen blöden Regeln ins eigene Fleisch.«

»Das sind keine blöden Regeln. Das ist bei Blau-Weiß so. Auch Pünktlichkeit gehört zu den Eigenschaften eines guten Fußballers.«

»Ja, aber du kannst doch nicht da vorn dieses Mädchen spielen lassen ... also nichts für ungut, hinten spielt sie ja passabel, aber vorne, da braucht man jemanden ...«

»So, wen denn?« Jurek nahm einen großen Schluck aus seiner Wasserflasche.

»Eine ... Persönlichkeit!«

»Entschuldige bitte. Wer spielt, entscheide immer noch ich.«

»Ja, genau«, sagten zwei andere Väter, die dazugekommen waren. »Kaum war Niclas vorne, lief es wieder.«

»Man sollte diese Regel mit der Verspätung abschaffen. Du kannst doch nicht den besten Mann draußen lassen. Du willst doch gewinnen.«

»Darum geht es nicht«, sagte Jurek.

Der Vater von Niclas schnappte nach Luft. »Worum denn dann?«

»Ja, worum denn???«, fragten die anderen Eltern.

»Um die fußballerische Ausbildung. Und dazu gehört auch Pünktlichkeit.«

Der Vater von Niclas schüttelte den Kopf. »Das ist doch Unfug. Ich werde das mal beim Vorstand ansprechen.«

»Ja, mach das«, sagte Jurek und ließ den Vater stehen.

Ich ging zu dem Kübel, der am Rand des Platzes stand. Er war noch voll. Keiner hatte den Übermut besessen, sich das

Wasser über den Kopf zu schütten, alle waren so schnell wie möglich in der Kabine verschwunden. Ich selber hätte mir hier, bei den Jungs, niemals Wasser über den Kopf gegossen. Das Trikot würde am Körper festkleben und man konnte etwas durchsehen, auch wenn es nicht wirklich etwas zu sehen gab. Also beugte ich mich nur hinab und tauchte die Hände in das lauwarm gewordene Wasser.

Ahmed und seine Mutter standen hinter mir, die kleinen Geschwister streckten ihre Händchen neben mir hindurch, um ans Wasser zu gelangen. Ich wusste nie, wie viele er hatte, drei bis fünf in etwa. Ahmeds Vater war Tunesier, seine Mutter Deutsche und zum Islam übergetreten. Schwarz verhüllt stand sie am Spielfeldrand und beobachtete jedes Training voller Leidenschaft. Alle nannten sie »Mama Ahmed«.

Wenn Mama Ahmed etwas ärgerte, rief sie ins Spielfeld: »Wat stehste da rum und kiekst doof aus da Wäsche? Willste inna Kreisliga endn?« oder: »Dit war doch die Lücke, Oogen uff bei da Berufswahl, sar ick nur!« oder: »Ihr Penna, habt ihr Valium jefressn?«

Jetzt sagte sie: »Wat jloobt eijentlich diesa Vata, wer er is?«

»Na ja, mit Niclas wären wir wirklich besser gewesen«, wandte Ahmed ein.

»Dit Vaspätung so bestraft wird, dit is alte Blau-Weiß-Rejel, die is älta als icke.« Mama Ahmed zwinkerte mir zu: »Und du, Kleene? Hast's ooch nich leicht, wa?«

Wegen der Worte von Mama Ahmed war ich schon fast wieder guter Laune, während ich zu meiner Schiedsrichterkabine ging. Doch da stand plötzlich Niclas vor der Tür und versperrte mir den Weg. Sein Kopf war fast noch röter als beim Spiel, auf seiner Nase standen Schweißperlen.

»Wegen dir haben wir jetzt so krass verloren. Aber deine Tage hier sind gezählt, glaub's mir.«

Ich hielt den Kabinenschlüssel in der Hand vor dem Bauch, so als wollte ich mich damit verteidigen. Mir fiel nicht ein, was ich sagen sollte, denn mit so viel Gemeinheit hatte ich nicht gerechnet.

»Ich möchte in meine Kabine.«

»Ich möchte in meine Kabine«, äffte mich Niclas nach. »Dann geh doch in deine Kabine.« Er trat zur Seite.

Ich sperrte auf und zog die Tür schnell hinter mir zu.

Eine Weile blieb ich auf dem Stuhl sitzen und betrachtete, ohne einen normalen Gedanken fassen zu können, die Tischplatte des kleinen quadratischen Tisches. Der Stuhl war aus Plastik, und ich merkte, wie sehr ich schwitzte.

Immer wieder ging ich die Spielsituationen durch, in denen ich den Ball gehabt hatte. Nein, schießen konnte ich wirklich nicht. Bei den Mädchen war das nicht so schlimm gewesen, weil ich trotzdem oft getroffen hatte. Ich sah die Lücken, war schnell und die Torhüterinnen waren oft schlecht. Jetzt waren alle schnell, die Lücken seltener und die Torwarte besser. Als Stürmer brauchte man einen harten Schuss. Warum hatte mich Jurek dort spielen lassen? Um mich zu demütigen und allen einschließlich mir zu zeigen, dass es Mädchen eben nicht können? Nach meinem missglückten Schüsschen hätte ich vielleicht noch zwei Möglichkeiten gehabt, mich durchzusetzen, aber ich hatte abgespielt und die

Verantwortung abgetreten. Niclas hätte kein Mal abgespielt. Dann heulte ich.

Aber das half auch nichts. Also duschte ich zehn Minuten lang eiskalt und verließ die Kabine erst, als ich hörte, dass die Jungs fort waren. Ich heulte noch mal, beim Rausgehen, beim Treppe-Runtergehen und beim Schlüsselabgeben. Zum Glück war der Platzwart nicht da, sodass ich den Schlüssel nur unter der Glasscheibe durchschieben musste.

Seit ich bei den Jungs war, war ich immer nur allein.

FLUGZEUGE : SCHWERKRAFT

Trotzdem wollte ich nach dem missglückten Spiel gegen Victoria nicht gleich nach Hause, denn ich hatte keine Lust auf lästige Fragen oder Streit über Socken.

Neben dem Fußballgelände führte eine kleine Stichstraße ins Nichts. Normalerweise ging ich direkt zur S-Bahn, aber heute bog ich in die andere Richtung ab, vielleicht wegen des Flugzeugs, das gerade ein paar Hundert Meter neben und nur vielleicht 50 Meter über mir im Begriff war, zu landen. Ich dachte, wenn ich nach rechts gehe, sehe ich das Flugzeug länger. Ja, ich glaube, so etwas dachte ich – trotz meines Kummers.

Die Stichstraße endete, ich sah den Trampelpfad durch die

Büsche und stieg einen drei, vier Meter hohen Erdwall hinauf. Dieser Wall wurde zur Straße, die unten entlangführte, durch eine gut 30 Meter lange Mauer befestigt.

Von dort oben konnte man den ganzen Flughafen überblicken; man sah den Tower, die wartenden Flugzeuge, die riesigen, verdorrten Grasflächen zwischen den Landebahnen. Die Luft flirrte vor Hitze; ich kniff die Augen zusammen. Irgendwie fand ich es angenehm, dass es nun nicht mehr Tränen waren, die meine Augen reizten. Unten, sozusagen als Grenzlinie zwischen Flughafengelände und diesem Erdwall mit der Mauer, befand sich eine viel befahrene Straße.

Jetzt berührten die Gummireifen des Flugzeugs die Erdoberfläche, es setzte auf und es staubte, denn der Abrieb der Reifen sei bei der Landung enorm, sagte mein Vater. Dann bremste das Flugzeug scharf und rollte nach ein paar Hundert Metern aus, bis es von der Landebahn abbog.

Weiter drüben saßen zwei Männer auf der Mauer. Als Sonnenschutz hatten sie einen schwarzen Regenschirm aufgespannt. Sie tranken Bier. Einer der beiden richtete seinen Fotoapparat auf das gelandete Flugzeug.

So stand ich eine ganze Weile in der drückenden Abendhitze und versuchte, mir die Fluggesellschaften zu merken. KLM, Eurowings, Lufthansa, Turkish Airlines. Ich stellte mir die Leute vor, die ausstiegen, und den Grund für ihre Reise. Ich stellte mir vor, ich sei eine berühmte Fußballspielerin und kehrte vom gewonnenen Champions-League-Finale zurück. Jubelnd würden mich alle am Ausgang begrüßen. Doch dann fiel mir das missglückte Spiel wieder ein. Außerdem hörte ich

Schritte. Ich drehte mich um und sah einen roten Haarschopf auftauchen. Ron! Der durfte mich auf keinen Fall sehen. Zum Glück drehte er sich weg. Hastig verschwand ich hinter einem Busch.

Ron setzte sich inzwischen auf die Mauer, ließ die Beine baumeln und schaute mit zusammengekniffenen Augen dem Flugzeug nach, das in seine Parkposition rollte.

Eigentlich hätte ich mich nun leicht davonschleichen können, doch ich blieb hinter dem Busch sitzen, um zwischen Chipstüten, Kippen und Glasscherben Ron zu beobachten.

Ich hatte Ron für jemanden gehalten, der laut lachend mit seinen Fußballkumpels und Hip-Hop-Musik hier auftauchte. Dass er so allein und ganz still dahockte, erstaunte mich. Jetzt tat er sogar etwas noch Unerwarteteres: Er holte aus seinem Rucksack ein Notizbuch und schrieb etwas mit einem roten Kugelschreiber hinein. Gerade landete eine dicke Maschine von British Airways. Über meinen Fuß lief ein Käfer. Ich wischte ihn weg, doch dabei stieß ich an meine Trinkflasche, die ein Stück den kleinen Abhang hinabkullerte und dabei an eine Chipstüte stieß, die ein viel zu lautes Knistergeräusch von sich gab. Ich hielt die Luft an und äugte vorsichtig zu Ron. Hatte er mich womöglich gehört? Jetzt räusperte er sich und dann – dann spuckte er in meine Richtung.

Ich hätte nicht gedacht, dass jemand so weit spucken konnte. Der Spuckebatzen blieb direkt in dem Busch hängen, der mich verbarg. Ich hielt mich ganz still und wartete auf einen weiteren Angriff, doch nichts geschah. Ron wandte sich wieder von mir ab. Irgendwas fiel ihm aus der Hand, aber er bemerkte es nicht oder es war ihm egal. Dann ging er in Richtung S-Bahn davon.

Hatte er mich bemerkt oder nicht? Ich wusste es einfach nicht und wartete deswegen noch ein wenig. Als ich dann aus dem Busch kroch, sah ich, was Ron verloren hatte: Einen Zettel. Ich hob ihn auf und strich ihn glatt. Es war eine herausgerissene Seite aus einem Kalender, auf die Ron ein paar Punkte mit Pfeilen gemalt hatte. Dazu hatte er geschrieben: *Nee blöd anders*, und dann: *Di 17 Uhr nicht verg.* Er hatte die typische krakelige Jungenschrift.

Ich faltete den Zettel zusammen und steckte ihn ein.

In der S-Bahn war die Klimaanlage ausgefallen. Ich dachte an das verunglückte Spiel, die Hünen von Victoria und das Gemecker von Niclas und das alles vermischte sich mit den warmen Ausdünstungen der Leute in meinen Gedanken mit den Flugzeugen, Rons Spuckkünsten und dem Zettel zu einer Art Wachtraum. Ich musste aufpassen, meine Station nicht zu verpassen, und schleppte mich von der S-Bahn durch die aufgeheizten Straßen nach Hause.

Erst ein paar Meter vor unserer Haustür nahm ich Haltung an. Mich graute vor den Fragen meiner Mutter. Sie fragte immer nach, obwohl sie gar nicht wirklich verstand, worum es beim Fußball ging. Nur den Unterschied zwischen »verloren« und »gewonnen« kannte sie.

Nein, ich würde nicht erzählen, was genau vorgefallen war. Am Ende würde sie ohnehin nur sagen: »Siehst du, was hab ich dir gesagt? Mit Jungs kann man nicht Fußball spielen.« Und irgendwie stimmte es. Wir spielten zwei verschiedene Spiele, die dummerweise denselben Namen hatten.

Im Treppenhaus lehnte ich mein Gesicht an die kalten Fliesen und bleib ein paar Sekunden so stehen. Dann stieg ich hoch in den vierten Stock. Mit jedem Stockwerk wurde es wärmer, bis ich im wärmsten Raum der Wohnung angelangt war, unserer Küche. Hier zeigte das Thermometer 28,5 °C. Eine fiese Abendsonne schien herein und ließ den Küchenschrank orangerot leuchten.

»Und, wie war das Spiel?«, fragte meine Mutter. Sie und Katrina hatten schon gegessen. Eine Schüssel Nudelsalat stand auf dem Tisch. Es roch nach Essiggurken. Meine Mutter fächelte sich Luft zu.

»Verloren«, sagte ich. »Aber war ja nur ein Testspiel. Victoria hatte sich aus der C1 Verstärkung geholt. Die waren fast alle einen Kopf größer als wir.«

»Na, dann«, sagte meine Mutter. »War ja auch heiß.«

»Ja, es war sehr heiß.«

Katrina klimperte mit der Gabel in der gläsernen Salatschüssel.

Da läutete es an der Tür. Ich stand auf, um zu öffnen.

»Ich bin's, Fabienne«, kam es aus der Sprechanlage. »Kann ich kurz hochkommen?«

Fabienne! Wieso kam sie?

»Ich soll dir was bringen!«

»Ja, komm rauf«, antwortete ich und drückte den Türöffner.

Bald hörte ich Fabiennes Schritte auf der Treppe. Während sie die letzten Stufen nahm, japste sie: »Schau, das ist von uns mit einem Gruß von allen!« Sie reichte mir noch vor der Tür einen Briefumschlag und eine riesige Plastiktüte.

»Was ist das?«

»Mach ihn auf!«

Ich öffnete den Umschlag. Darin befand sich eine Grußkarte, unterschrieben von allen Spielerinnen und Trainerinnen.

Viel Erfolg bei den Jungs wünscht dir dein Mädchenteam vom FFC!

P.S. Du bist jederzeit bei uns im Verein wieder willkommen!

In der Tüte befand sich ein Kissen, auf das das Porträt von Cristiano Ronaldo aufgedruckt war.

»Oh, Fabienne!«, rief ich aus. »Das ist ja voll nett!«

»Ich wollte schon viel eher kommen, aber du hast immer Training. Und heute Nachmittag war ja dieses Spiel.«

»Woher weißt *du* davon?«, fragte ich verblüfft.

»Gabi hat es erzählt. Ihr Neffe spielt ja bei Blau-Weiß in der E2. Sie sagt, dein Trainer wäre sehr gut.«

»Ja, ja, ist er.« Ich unterdrückte ein Seufzen.

»Was ist?«, fragte Fabienne. »Du siehst so fertig aus.«

»Danke.«

»Nein, ich meine ... wie ist es denn bei denen?«, fragte Fabienne.

»Na ja.«

Fabienne lachte. »Jungs sind bescheuert, oder?«

»Ja, vor allem beim Fußball.«

Mir kamen schon wieder die Tränen. Zum Glück war es im Treppenhaus schön düster und Fabienne hatte es eilig zu gehen.

Später am Abend schauten wir eine Quizshow, Katrina und meine Mutter rieten eifrig mit, ich passte nicht auf.

Das Ronaldo-Kissen hatte ich neben mich aufs Sofa gelegt, doch ich wollte mich nicht daran anlehnen. Es war zu schade dazu. Ich dachte wieder und wieder über Niclas' Worte nach. Und wenn es doch stimmte? Wenn sie mich wirklich loswerden wollten, weil ich einfach zu schlecht war?

»Mann, diese Frage!«, seufzte Katrina. »Was soll das sein, *Weißwasser*? A) ein Stadtteil von Dresden, B) ein Flusstyp in den Tropen oder C) ein Segenszeichen in der katholischen Kirche.«

»B«, sagte ich. Betty hatte mich neulich nach dem Unterricht noch ausgiebig über den Lebensraum von Piranhas, nämlich *Weißwasser*flüsse, informiert.

»Hä?«, machte Katrina. »Wieso weißt du das?«

»So halt«, sagte ich.

»Du weißt doch sonst nie was.«

»Wieso hast du mich dann gefragt?«

»Hab ich gar nicht.«

»Doch, hast du! Oder führst du Selbstgespräche?«

»Mann, sei doch nicht so aggressiv. Seit du bei den Jungs spielst, bist du so.«

»Bin ich nicht.«

»Jedenfalls hast du megaschlechte Laune.«

»Nein. Ich bin in bester Stimmung.«

»Wer ist in bester Stimmung?«, fragte Mama, die gerade aus der Küche kam.

»Jo«, antwortete Katrina. »Sagt sie jedenfalls.«

»Sie sagt, ich wäre aggressiv, seit ich bei den Jungs spiele«, erklärte ich.

Meine Mutter ließ sich aufs Sofa fallen. »Na ja, da übertreibt Katrina ein bisschen.«

»Ich übertreibe gar nicht«, widersprach Katrina.

»Ich bin nicht aggressiv!«, rief ich. »Mir ist nur heiß.«

»Mir ist auch heiß«, sagte Katrina. »Mann, jetzt hab ich die nächste Frage nicht verstanden.« Sie nahm die Fernbedienung und stellte lauter.

Ich nahm mein Kissen und stand auf.

MÄHROBOTER : GRAS

Eigentlich graute mir vor jedem Training, aber man durfte nicht zu empfindlich sein. Auch zueinander waren die Jungs nicht immer nett. Sie beschimpften und verarschten sich, sie äfften sich nach und versteckten sich gegenseitig Dinge. Falsche Fußballschuhe wurden niedergemacht, schlechte Handys ausgelacht, Trinkflaschen ausgekippt oder herumgeschmissen.

Aber ich war das nicht gewöhnt. Bei uns Mädchen war es ganz anders zugegangen.

Wenn ich mich also in meiner Schiedsrichterkabine umzog, versuchte ich, alle drohenden Gefahren geistig vorwegzunehmen und mir Antworten oder Reaktionen zurechtzulegen. Das Einfachste war, zu schweigen und möglichst keine fußballerischen Fehler zu machen.

Weil ich am Mittwoch direkt von der Schule zum Training ging und eine halbe Stunde zu früh da war, holte ich, nachdem ich mich umgezogen hatte, das Mathebuch heraus, um noch ein wenig für die Klassenarbeit am nächsten Tag zu lernen.

Ich setzte mich also an den Tisch und versuchte, die Gleichungen im Buch zu lösen. Dabei fiel mein Blick auf das Cristiano-Ronaldo-Foto im Inneren meines Mäppchens, und ich begann, sein Gesicht abzuzeichnen. Das hatte ich noch nie getan, denn ich war keine gute Zeichnerin. Ich konnte, wenn überhaupt, nur Mädchen zeichnen, denn die hatten meist lange Haare. Ronaldo hatte jedoch sehr kurze Haare. Man sah sie fast nicht, denn sie bildeten nur einen schmalen, dunklen Streifen. Das Auffallendste an Cristiano Ronaldo war sein Hals. Er war sehr breit, eigentlich fast so breit wie sein Kopf. Von seinem großen Adamsapfel war auf dem Porträt nur ein Schatten zu erkennen.

Dann war es kurz vor 17 Uhr und ich verließ die Kabine.

Das Training verlief relativ störungsfrei. Ich wurde nicht getreten, niemand nannte mich »Jooooo« oder sprach vom *pain in the ass*. Am Ende verkündete Jurek: »Übrigens hat Herr von Staden noch eine kleine Überraschung für euch. Er steht dort drüben.«

Herr von Staden war Sigis Vater und hatte einen Ballsack

dabei mit lauter bunten Bällen, eine Art Fußbälle, nur kleiner und mit einem Firmenlogo bedruckt.

»Jeder kann einen haben«, sagte er. »Ist von meiner Firma.«

Die Jungs drängten mich zur Seite und stürzten sich auf die Bälle. Es blieben zwei übrig, zwei pinkfarbene.

»Hähä, den kriegt Ahmed«, krähte Misha. Ahmed war heute nicht da.

»Und den anderen Jooooo!«, rief Kuno.

»Ach, dann bist du wohl das Mädchen«, sagte Herr von Staden. »Hätte ich ja nicht gedacht, dass es bei Blau-Weiß mal dazu kommt!«

Wie gesagt. Man musste von allen Seiten mit Gefahren rechnen.

Als ich das Vereinsgebäude verlassen wollte, stieß ich am Ausgang auf meinen Vater. Ich war überrascht, denn ich hatte ihn während des Trainings gar nicht gesehen. Er schaute öfter zu, aber er stand nur selten bei den anderen Eltern. Weil er wusste, dass er gern stritt, mied er den Kontakt.

»Ihr habt Bälle bekommen«, sagte er und zeigte auf das Flugzeug über uns, das sich gerade im Landeanflug befand. »Ein Airbus 319.«

Mein Vater konnte die Flugzeugtypen sogar an dem Geräusch erkennen. Ich nickte und war froh, dass er über Flugzeuge und Bälle sprach und nicht gleich über alle meine Fehler, die ich im Training gemacht hatte. Zweimal hatte ich den Ball gegen Niclas verloren, zweimal hatte ich das Tor verfehlt und eine Ecke hatte ich zu flach geschossen.

»Das ist der Vater von Sigi, nicht wahr?«

Ich nickte wieder.

»Und Sigi ist euer zweiter Torwart?«

Ich nickte ein drittes Mal.

»Er ist zu fett.«

Diesmal nickte ich nicht. Sigi war nicht direkt dick, aber ganz schön kräftig. Doch ich wollte mich dazu nicht äußern.

»Dass so jemand bei Blau-Weiß spielt!«

Wieder antwortete ich nicht. Die Jungs bei Blau-Weiß waren selten zu dick, denn das Training war anstrengend und anspruchsvoll. Außerdem wurden Spieler mit Gewichtsproblemen gar nicht erst aufgenommen.

»Die Bälle sind wahrscheinlich eine Art Bestechung«, fuhr mein Vater fort. »Aber auch Ahmed muss aufpassen.«

»Worauf?«

»Auf sein Gewicht. Bei diesen Türken gibt es zu viel Süßes.«

»Er ist kein Türke. Seine Mutter ist Deutsche.«

»Was? Aber sie ist doch verschleiert.«

»Ich glaub, sie ist zum Islam übergetreten«, sagte ich.

»Hm, ach so. Aber dick ist sie trotzdem.«

»Ahmed ist ganz nett«, sagte ich.

»Jedenfalls ist mir dieser von Staden ziemlich auf die Nerven gegangen«, sagte mein Vater.

»Wieso?«

»Weil er mich die ganze Zeit gefragt hat, wie lange das noch ginge, dass du bei den Jungs spielst. Er hat mir erklärt, was es alles für tolle Vereine für Mädchen gebe, und überhaupt sei eine Schiedsrichterin in der Bundesliga fehl am Platz.«

»Das hat er gesagt? Was hat eine Schiedsrichterin in der Bundesliga denn mit mir zu tun?«

»Keine Ahnung. Pfff – dieser Polohemdschnösel redet halt viel.« Mein Vater schüttelte sich. »Hm, aber noch mal zu den Ecken: Die müssen wir noch üben, hörst du?«

Der Mähroboter sei eine Superinvestition, sagte mein Vater später im Garten. Stolz zeigte er mir das kleine staubsaugerartige Gefährt, das scheinbar ohne erkennbares System über den Rasen rollte, bis es an einer unsichtbaren Linie haltmachte und in einer anderen Richtung weitermähte.

Ebenso stolz jonglierte er mit dem neuen Ball – auch eine Superinvestition, es war nämlich der neue Champions-League-Ball – und probierte den »*Übersteiger*«, also den kleinen Trick, den eigentlich schon Achtjährige konnten.

»Und jetzt Ecken!«, rief er.

Ich seufzte. Insgeheim hatte ich gehofft, er würde die Ecken über dem Rasenmäher und dem Übersteiger vergessen, doch er legte mir schon den Ball zurecht.

Ich hatte nicht mehr die geringste Lust auf Ecken, wagte aber nicht zu widersprechen. Deswegen schoss ich ziemlich unplatziert.

»Streng dich mehr an!«, rief mein Vater.

Ich biss mir auf die Lippen, denn ich war wütend. Was wollte er? Dass ich in fünf Minuten lernte, wie man Ecken besser schoss?

Die nächste Ecke gelang mir richtig gut, und mein Vater sagte: »Schon besser. Man muss sich eben nur konzentrieren.«

Konzentrieren! Wegen seiner dummen Bemerkung traf ich den Ball diesmal gar nicht und der Schuss missglückte völlig. Statt in den Strafraum flog er Richtung Hecke.

»Was machst du?«, rief mein Vater.

»Ich bin abgerutscht!«, antwortete ich. »Außerdem bin ich müde, ich …«

Ich unterbrach mich, weil der Ball unter die Hecke gerollt war.

Die zwei Nachbargrundstücke trennte nicht nur die Hecke. Inmitten der Hecke befand sich auch ein Maschendrahtzaun, den wohl einst mein Großvater gezogen hatte.

»Ich hol ihn!«, rief ich hastig, kniete mich hin und streckte meine Arme in Richtung Ball aus. Die Hecke war fast überall mehr als anderthalb Meter dick. Der Ball lag knapp vor dem Zaun, der an einigen Stellen beschädigt war.

»Wie kann man eine Ecke so verschießen!«, sagte mein Vater.

»Kann man eben!«, sagte ich und wandte mich um. »Und wenn du nicht aufhörst, an mir rumzunörgeln, dann hol du doch den Ball.«

Ich wusste, dass er sich der Hecke wegen des Hundes drüben nur sehr ungern näherte. Wieder tastete ich nach dem Ball. Genau in dem Augenblick, in dem ich nach ihm greifen wollte, tauchte vor mir das riesige Gesicht von Zico – so hieß der Hund – auf. Mit der Pfote drückte er den Maschendraht an einer beschädigten Stelle zur Seite, sodass ein fast 15 Zentimeter breiter Spalt entstand. Zico bellte. Ich schrie leise auf, grabschte nach dem Ball und zog mich zurück.

»Ist da der Mistköter?«, fragte mein Vater.

»Ja, und der Zaun ist kaputt.«

Zico bellte.

Das machte meinen Vater wütend. »Kubitschek!«, brüllte er zum Nachbarn hinüber. »Ihr Hund hat meinen Zaun kaputt gemacht!«

Der Kubitschek war ein älterer Mann mit weißem Bart. Dem Aussehen nach stellte ich mir so Gott vor, doch der Kubitschek war unser größter Feind. Zum Glück zeigte er sich nur selten und niemand von uns hatte seinen Garten je betreten.

Der Kubitschek, so mein Vater, hasse unsere Hecke, weil sie wie eine böse schwarze Wand sei, doch am meisten würde der Kubitschek ihn, meinen Vater hassen, weil der wiederum Zico hasste.

Zu allem Überfluss hatte Zico auch noch den Namen dieses berühmten Fußballers, obwohl er nichts von der Quirligkeit eines brasilianischen Fußballspielers hatte. Das fand mein Vater extrem ungehörig.

Zico selbst wirkte träge und trottelig. Er war voller Falten, nicht nur im Gesicht, auch am Körper. Selbst sein seltenes Bellen klang schwerfällig. Aber er war eben riesig.

»Ihr Zaun ist so morsch wie ein abgestorbener Baum«, rief der Kubitschek mit donnerndem Bass. Wir erschraken ein wenig, denn wir hatten nicht mit einer Antwort gerechnet. Der Kubitschek ließ sich, wie gesagt, nur selten blicken.

Mein Vater fasste sich schnell. »Metall wird nicht morsch!«, antwortete er. »Ich möchte, dass das Loch repariert wird! Und wenn Sie das nicht bezahlen, gehe ich zum Anwalt.«

Mein Vater drohte gern mit dem Anwalt, wenn ihn etwas ärgerte. Das war natürlich etwas lächerlich. Er hätte sich nie einen leisten können.

Jetzt kam der Kubitschek näher. Ich sah durch die Hecke, die unten nicht ganz so dicht war, nur seine Füße, die in Lederlatschen steckten. Seine Waden waren noch behaarter als die meines Vaters, aber die Haare waren weiß.

»Solange Sie Ihre Deutschlandfahne hängen lassen, mach ich gar nichts.«

»Ich kann meine Deutschlandfahne so lange hängen lassen, wie ich will«, sagte mein Vater.

»Ja, können Sie. Aber dann werden Sie von mir eben auch kein Entgegenkommen erfahren, was den Zaun betrifft.«

»Da brauch ich kein Entgegenkommen. *Ihr* Hund hat *mein* Eigentum zerstört, also müssen *Sie* es reparieren lassen.«

»Dann entfernen Sie aber bitte die Wurzeln Ihrer Hecke aus meinem Garten.«

»Gut, ich mach die Hecke weg. Aber dann sehen Sie meine Fahne noch besser, ha!«

Der Kubitschek antwortete nicht gleich. Er lachte nur leise und seine Füße entfernten sich.

Mein Vater rieb sich die Hände, als hätte er einen Sieg errungen.

Ich träumte schlimm in der Nacht von Irrgärten zwischen meterhohen Thujahecken und pinkfarbenen Piranhas, die mich verfolgten, bis ich mich schließlich an einem Tornetz hochhangeln konnte, aber dann kam Cristiano Ronaldo und zerschnitt das Netz, weil er die WM gewonnen hatte mit einer Mannschaft bestehend aus lauter Cristiano-Ronaldo-Klonen.

Nein, das hatte ich natürlich nicht geträumt. Ich hatte einfach nur schlecht geschlafen, weil ich so lange überlegt hatte, wie ich meinem Vater beibringen konnte, nicht mehr oder wenigstens nicht mehr so oft beim Training zuzusehen. Es störte mich, denn ich wollte mich nicht für meine Fehler rechtfertigen, und vor allem wollte ich keine Sonderstunden in Sachen Fußball von jemandem, der überhaupt nicht Fußball spielen konnte. Aber wie brachte ich das meinem Vater schonend bei, ohne dass er gleich beleidigt war? Über Nacht war ich jedenfalls zu keinem Ergebnis gekommen.

Zum Frühstück schmierte ich mir eine Scheibe Weißbrot, während mein Vater heißes Wasser in eine Tasse goss und den löslichen Kaffee darin verrührte.

»Heute ist um 17 Uhr Training, oder?«, fragte er.

Ich schwieg. Er wusste das doch, wieso fragte er?

»Papa«, begann ich.

»Schade«, sagte er. »Da muss ich noch arbeiten.«

»Weißt du«, versuchte ich es noch mal.

»Die anderen haben anscheinend immer frei. Na ja, Mama Ahmed ist wohl Hausfrau. Aber der von Staden? Warum ist der nie bei der Arbeit? Wieso kann der immer beim Training zuschauen?«

»Keine Ahnung, aber weißt du, ich glaub ...«

Mein Vater redete weiter: »Und dieser Dr. Ackermann! Anwälte haben offenbar auch immer Zeit. Bei jedem Training ist er da in seinen cremefarbenen Hosen und diesen braunen Lederschleichern.«

»Also, wegen mir brauchst du nicht zu kommen, wenn du so viel zu tun hast.«

»Ich komme doch gern!«

»Ja, aber weißt du, ich glaube, das bringt mir kein Glück.«

»Wie? Möchtest du nicht, dass ich dich danach heimbringe? Das Auto ist doch viel bequemer als die Bahn.«

Sicher war das Auto bequem.

»Ich hab doch das Monatsticket.«

»Ich bin ja sowieso mit dem Auto unterwegs. Da kann ich dich auch abholen.«

»Es ist nicht wegen dem Abholen. Ich ... ich ... ich hab das Gefühl, ich spiele schlechter, wenn du zuschaust.«

Mein Vater schwieg.

»Ich bin dann noch mehr unter Druck.«

»Wie ›unter Druck‹? Du bist beim Training unter Druck? Fühlst du dich nicht wohl?«

»Doch, doch. Aber wenn du zuschaust ... da komme ich mir so beobachtet vor.«

Mein Vater schwieg. Er wirkte beleidigt.

»Also, ich meine ... und danach ... wäre es beim Umziehen entspannter, weil niemand auf mich warten muss.«

»Das macht mir nichts aus.«

»Außerdem kannst du auch ruhig mal Katrina abholen. Sie fühlt sich schon ein bisschen ungerecht behandelt.«

»Hm, ja, stimmt ... Sie hat ja auch bald ihre Aufführung. Wann ist das noch mal?«

»Am letzten Sonntag vor den Sommerferien.«

»Stimmt, ja.« Mein Vater kratzte sich am Kopf. Ich wusste nicht, ob er verstanden hatte, worum es mir ging.

EIS : HITZE

In der Nähe der Wohnung meiner Mutter gab es einen kleinen, hässlichen Platz mit einem noch hässlicheren Betonbrunnen.

Daneben gab es einen *Penny*-Markt, einen Laden für E-Zigaretten und ein Fitnessstudio.

»Wusstest du, dass in Florida der Besitz von Piranhas verboten ist?«, fragte Betty mich.

Wir hatten beide Kaktuseis gekauft und mussten uns beim Essen beeilen, weil es immer noch heiß war und das Eis im Nu davonlief.

»Würde man diese Fische in Florida aussetzen«, fuhr sie fort, »dann würden sie sich vermehren und in den dortigen Gewässern alles auffressen.«

»Aha«, sagte ich und leckte mein Eis unten ab, damit es nicht tropfte. Da sah ich, wie aus dem Haus gegenüber ein Junge herauskam. Er trug einen schwarzen Rucksack, blieb vor dem Schaufenster des *Penny*-Marktes stehen und überprüfte sein Spiegelbild. Es war Ron. Während er sich betrachtete, richtete er sich ganz gerade auf und machte mit dem Arm eine eigenartige Bewegung, die mir völlig sinnlos vorkam.

»Schau mal, das da ist Ron«, sagte ich zu Betty, zog den Kopf ein und rutschte ein Stück hinter sie, damit Ron mich nicht sah.

»Tatsache! Ron Weasley, wie er leibt und lebt«, rief Betty.

»Er benimmt sich eher wie Malfoy ... aber ... ich wusste gar nicht, dass er hier in der Nähe wohnt.«

»Komm«, sagte Betty und sprang auf und lief auf das Haus zu, aus dem Ron gekommen war, »wir sehen nach, in welchem Stock er wohnt.«

»Wozu denn?«

»Nur so.«

Ich rannte Betty hinterher und wir lasen die Namen auf den Klingelschildern.

»Da, Jablinsky!«, sagte ich.

Schneller, als ich denken konnte, hatte Betty irgendwo geklingelt. Es summte, wir drückten die Tür auf.

»Was willst du tun?«

»Hochgehen.«

»Warum denn?«

»Mann, frag nicht immer. Das ist doch interessant!«

Das Treppenhaus war senfgelb gestrichen, bis in Hüfthöhe etwa mit wasserabweisender Farbe, die mit Filzstift beschmiert war.

Die Familie Jablinsky wohnte im vierten Stock. Ich sah zum Fenster hinaus. Von hier aus hatte man einen guten Blick weit über den Platz mit dem Brunnen hinaus. Betty inspizierte die

Schuhe, die vor der Tür standen, ziemlich ausgelatschte Fußballschuhe in Größe 40.

»Sind das Rons?«

Ich zuckte mit den Schultern. Im Training trug er immer ein neues *adidas*-Modell in Leuchtorange.

»Und was ist das?«, fragte Betty. Sie zeigte auf einen leicht verbogenen Puppenbuggy. »Gehört der ihm?«

Ich lachte. Dann ging plötzlich die Tür auf.

»Wer seid ihr und was wollt ihr?«, fragte uns eine Frau in lila Leggins, auf der riesige Schmetterlinge herumflatterten.

»Äh, nichts ... wir ...«, stotterte Betty. Ich packte sie bei der Hand und rannte mit ihr fort, vier Etagen nach unten und durch den Hausflur. Ich riss die Tür auf und wir stürzten hinaus auf die Straße.

Mein Sprint hatte Betty völlig überfordert. Sie lehnte sich an das *Penny*-Schaufenster. Man konnte in den Discounter hineinsehen: Leute schlurften mit ihren Einkaufswagen durch die Regalreihen und betrachteten die Waren. Der Penny war klimatisiert, alle ließen sich Zeit.

»Musste das sein?«, fragte Betty und richtete im Spiegelbild ihr Haar.

»Ron hasst mich.«

»Es war doch nur seine Mutter. Hasst sie dich auch?«

»Sie kennt mich gar nicht.«

Betty schüttelte den Kopf. Sie wollte vielleicht noch was zu meinem Verhalten gegenüber der Familie Jablinsky sagen, doch dann lachte sie. »Haha, hast du ihre Leggins gesehen?«

Ich nickte.

»Grauenhaft, oder?«

Ich nickte wieder, aber die grauenhaften Leggins trösteten mich nicht, im Gegenteil, sie beunruhigten mich.

Auch am nächsten Tag war es unerträglich heiß. Neben dem Kunstrasenplatz gluckerte Wasser aus einem Schlauch auf ein vertrocknetes Rasenstück. Eine Pfütze hatte sich gebildet.

Jurek war gnädig, erlaubte mehrere Trinkpausen und wir mussten nicht so viel rennen wie sonst.

Eigentlich war ich gegen Hitze relativ unempfindlich und kam besser damit zurecht als Niclas, der sich nach einer halben Stunde mit knallrotem Kopf in den Schatten eines Baumes setzen musste. Ich fragte mich, wie die Profis das aushielten in Manaus, in Athen, in Madrid und in Katar.

Kurz vor Ende des Trainings näherte sich Mama Ahmed mit Kühltasche. Wie immer hatte sie eine Horde Kinder dabei, von denen unmöglich alle Ahmeds Geschwister sein konnten. Mama Ahmed machte es sich im Schatten bequem, während die Kinder sich am Spielfeldrand Bälle nahmen und damit herumkickten. Nach und nach entführten sie uns alle Bälle, was aber niemand zu bemerken schien.

Jetzt verschoss Sigi einen Ball; in hohem Bogen segelte er über den Zaun. Es war unser letzter Ball gewesen, und es lief keiner, um den Ball zu holen.

Jurek brüllte: »Was ist los?«

Doch niemand rührte sich, alle standen wir wie erschlagen von der Hitze auf dem nach Plastik stinkenden Kunstrasen und warteten, dass der Geist aus der Flasche die Bälle zurückbrachte.

Ich weiß nicht, wie lang wir da so standen, bestimmt nur kurz, ein, zwei Sekunden, da hörte man Mama Ahmeds Stimme: »Dit kann doch wohl nich wahr sein! Kickt die Bälle zurück, aba dalli!«

Die kleinen Kinder rasten los. Ein paar Sekunden später kamen über den Zaun die Bälle geflogen, und dann erschien Mama Ahmed: »Ach, übrijens hätt ich ooch noch Eis, Wanillje und Schoko mit Stücke drinne!«

»Okay, Schluss für heute!«, rief Jurek und alle stürzten sich auf Mama Ahmed.

Schneller, als ich schauen konnte, hatte sich um Mama Ahmed ein Knäuel gebildet.

»Imma mit der Ruhe! Et jibt für alle jenuch!«, hörte ich Mama Ahmed rufen, doch das Knäuel löste sich nicht auf.

Ich zögerte, mich ebenfalls hinzudrängen. Erstens war alles an mir verklebt und verstunken und außerdem wollte ich hier bei den Jungs lieber nicht an Gewühlen teilnehmen. Vermutlich hatte ich ohnehin keine Chance gegen sie, denn ich trat nicht, ich rempelte nicht und ich schubste nicht.

Ich näherte mich also langsam und steckte vorsichtig meine Hand durch die Jungenrücken, die heiß und feucht waren. Die Ersten hatten ihr Eis ergattert und drängten sich rückwärts aus dem Knäuel und traten mir auf die Füße.

»Hey, pass doch auf!«, wurde ich angeblafft.

Jetzt stand ich vor Mama Ahmed und sie beugte sich über die Kühltasche.

»Wanillje oda Schoko?«

»Egal.«

»Ejal ham wa nich.«

»Vanille«, sagte ich.

»Imma bescheiden, die Mädels«, sagte Mama Ahmed.

»Wieso bescheiden?«, fragte ich.

»Kommst als Letzte. Det is nich jut. Du mussta det Eis als Erste holen!«

SCHWUCHTEL : FLÜCHTLING

Ich hockte im Schatten bei den Beuteln und den Trinkflaschen, ein bisschen abseits. Die Jungs sprachen über Fußball, über Griezman, Pogba und Mbappé. Weiter drüben saß Mama Ahmed mit den Kindern. Jurek war mit einem anderen Trainer vom Platz gegangen.

Das Eis hatte schwarze Vanillepünktchen, und ich überlegte, ob es wirklich Bescheidenheit war, weswegen ich mich nicht nach vorn gedrängt hatte. Ich kannte das von der Schule. Gab es etwas zu holen, egal ob klebrige Bonbons, alberne Sticker oder irgendwelche Gutscheine, die eigentlich nichts wert waren, stürmten alle Jungs wie blöd nach vorn, boxten sich weg oder traten einander in den Hintern, um das Bonbon, den Sticker oder den Gutschein als Erster zu bekommen. Mädchen warteten ab oder verzichteten gleich drauf. Meistens bestand ja kein Mangel an der jeweiligen Sache; jeder, der wollte, konnte ein Bonbon, einen Sticker oder einen Gutschein bekommen. War es deshalb nicht eher Klugheit, abzuwarten? Doch wie würden sich Mädchen verhalten, wenn ein Mangel bestünde?

Auf dem Fußballplatz bestand eindeutig ein Mangel: Es gab nur einen Ball. Jungen wollten ihn haben, haben, haben. Und was taten die Mädchen?

»Hähä, was ist denn das?«, fragte in dem Moment Ron. Er hatte sich meinen Beutel genommen und darin herumgewühlt. In dem Beutel war nichts, nur ein paar Ersatzsocken, Haarklammern, ein kaputtes Stirnband und benutzte Eintrittskarten vom Schwimmbad.

Doch jetzt hielt Ron dieses schlecht gezeichnete Bild von Cristiano Ronaldo hoch. Ich hatte es ganz vergessen.

»Cristiano Ronaldo! Sie malt Cristiano Ronaldo!«

»Lass meinen Beutel!«, schrie ich und sprang auf. Doch Ron hatte das Bild längst an Niclas weitergegeben, und der rief: »Haha, Schwuchtel-Ronaldo!«

Im Nu war ich bei Niclas und wollte ihm das Blatt wegnehmen. Doch er wedelte es nur lachend in der Luft herum.

»Gib mir das Blatt!«

»Gib mir das Blatt!«, äffte er mich nach. »Gib mir das Blatt mit Schwuchtel-Ronaldo!«

Jurek kam mit einer Wasserflasche hinterm Zaun hervor.

»Hähä, sie steht auf Schwuchtel-Ronaldo!« Niclas bemerkte Jurek gar nicht und machte einfach weiter. Am liebsten hätte ich zurückgeschrien: »Selber Schwuchtel!« oder so etwas, doch ich sah, dass Jurek schon die Ohren gespitzt hatte. Ich blieb ruhig und sagte nur so abfällig, wie ich konnte: »Pffff!«

Damit hatte ich Niclas in die Falle gehen lassen.

»Schwuchtel-Ronaldo!«, schrie Niclas noch mal.

»Niclas!«, rief Jurek. Niclas fuhr herum.

»Du kennst die Regel«, sagte Jurek. »Beim nächsten Spiel bleibst du daheim.«

»Ich hab doch gar nichts ...«

»Ich hab es genau gehört. Keine Beschimpfungen auf dem Platz!«

»Ey, das ist voll unfair. Ich hab niemanden beschimpft.«

»Doch – Ronaldo.«

»Aber er ist nicht hier.«

»Das interessiert mich nicht. ›Schwuchtel‹ ist verboten, basta.«

»Jetzt hast du es selber gesagt!«, versuchte es Niclas noch mal.

»Ruhe! Sonst spielst du zwei Spiele nicht.«

»Aber ...«

»Ruhe!« Jurek sah mich an, während ich noch immer mit dem Beutel in der Hand zwischen den Jungs stand. »Und was ist mit dem Beutel?«

»Das ist meiner«, sagte ich. Jetzt bloß nicht noch wen versehentlich verpetzen.

»Ach so«, sagte Jurek, runzelte kurz die Stirn und zuckte mit den Schultern. Anscheinend wollte er nicht nachhaken.

Ich hatte es eilig, in meine Schiedsrichterkabine zu kommen. Inzwischen war sie ein echter Zufluchtsort geworden. Ich duschte ausgiebig, eine Weile eiskalt, dann zog ich mich an. Als ich meine Flipflops unter dem Stuhl hervorholte, sah ich, dass jemand hinter das FLY HIGH ein Ausrufezeichen gemalt hatte.

Ich verließ die Kabine, die Jungs waren längst weg. Doch da hörte ich von unten eine Stimme. Ich blieb im Treppenhaus stehen.

»Jurek spinnt doch!« Das war Niclas. »Ich hab so einen *pain in the ass.*«

Sigi lachte dreckig. »Ja, er ist doch selber eine Schwuchtel. Aber hast du gehört? Er will jetzt auch, dass Flüchtlinge in die Mannschaft kommen.«

»Echt jetzt?«

»Mein Vater sagt, das wurde in irgendeiner Sitzung so besprochen.«

»Oh, Mann! Noch mehr Nieten. Ich sag nur *pain in the ass.*«

»Ja, haha, *pain in the ass.*«

Zu mir war Sigi eigentlich manchmal ganz nett. Er hielt mir die Tür auf, sagte »danke« und »bitte« und passte mir bei den Übungen die Bälle so zu, dass ich sie kriegen konnte.

Und ich selber hatte es auch irgendwie ungerecht gefunden, als Shirin damals einfach so in unsere Mädchenmannschaft beim FFC aufgenommen worden war, obwohl sie kaum Fußball spielen konnte und immer ein Kopftuch trug. Wir anderen durften ja auch keine Mützen tragen.

Aber so war das eben. Manches musste man einfach akzeptieren. Und meine Mutter sagte, Gastfreundschaft sei wichtig, denn man wisse nie, wann man selber einmal die Hilfe anderer benötige.

Ich äugte über das Geländer der Treppe nach unten, wo Sigi

und Niclas standen. Sigi war unser zweiter Torwart, aber Otto war deutlich besser, weswegen Sigi nicht allzu oft zum Einsatz kam. Sein Vorteil war seine Größe, er war ein echter Hüne, allerdings mit kleinem Schwabbelbauch. Er verschenkte gerne tütenweise Chips oder Kugelschreiber aus der Firma seines Vaters. Wie gesagt, zu mir war er immer nett gewesen. Aber ich war ja auch kein Flüchtling.

Ich vermutete meinen Vater auf der Terrasse, deshalb ging ich nicht durch die Eingangstür, sondern durch den Vorgarten und an zwei kugeligen Zwergfichten vorbei um das Haus herum.

Tatsächlich stand er mit dem Rücken zu mir und machte sich am Grill zu schaffen. Ein Busch spendete ihm etwas Schatten. Katrina sah mich als Erste.

»Na, endlich«, sagte sie.

Mein Vater wandte sich um. Er hatte eine Grillzange in der Hand. Sein Gesicht war sehr rot, er trug geblümte Bermudas.

»Willst du Würstchen oder Fleisch?«, fragte er.

»Fleisch«, sagte ich. Es war ungewöhnlich, dass wir unter der Woche grillten, aber vielleicht hatte mein Vater morgen frei.

»Wie war's?«, fragte er.

»Heiß.« Ich schaffte es nicht, mehr zu sagen.

»Ach«, sagte Katrina. Sie trug einen türkisblauen Bikini mit Glitzerapplikationen, der ihr sehr gut stand. Der Rasensprenger lief, sie hatte leicht feuchtes Haar.

»Gab's Ärger?«, fragte mich mein Vater. Er war nicht sonderlich feinfühlig, was die normalen Dinge wie Schule, Familienleben oder Freundschaft betraf. Doch Probleme beim Fußball roch er wie Cristiano Ronaldo eine Torchance.

»Niclas hat ›Schwuchtel‹ gesagt.«

»Zu wem?«, fragte Katrina. Sie fand zwar Fußball blöd, war aber an jeder Art von Tratsch brennend interessiert.

»Zu Ronaldo.«

»Was? Ronaldo war bei euch?«

Ich tippte mir an die Stirn. »Niclas nannte Ronaldo so.«

»Ich hab das Gerücht auch schon mal gehört«, sagte mein Vater. »Ich meine, dass er schwul ist.«

»Aber er hat doch Kinder«, wandte ich ein.

»Von einer Leihmutter. Vielmehr von mehreren.«

»Außerdem kann man schwul sein, auch wenn man Kinder hat«, sagte Katrina.

»Jetzt darf Niclas beim nächsten Spiel nicht mitmachen«, sagte ich.

»Es ist scheinbar wirklich egal, ob C2 oder Weltmeisterschaft. Die Spieler werfen mit Schimpfworten um sich. Ich sag nur Materazzi.«

»Wer ist das?«, fragte ich.

»Er hat Zinédine Zidane im Endspiel der WM 2006 so provoziert, dass der ihm einen Kopfstoß versetzt hat. Materazzi hat zu ihm gesagt, seine Schwester sei eine Nutte, oder so was Ähnliches.«

»Zu Ronaldo?«, fragte Katrina.

»Ach, Katrina. Du verstehst wirklich nichts. Das war doch das Spiel Italien gegen Frankreich, 2006 … Aber was lernen wir draus? Als Spieler muss man so was einstecken können, denn am Ende war Italien Weltmeister. Dank Materazzi.«

»Beschimpfungen sind also gut?«, fragte ich.

Mein Vater zuckte mit den Schultern.

»Wenn sie helfen.« Er legte drei Stück Fleisch auf den Grill. »Das ist Nackensteak.«

Später liefen Katrina und ich ein paarmal durch den Rasensprenger. Das war praktisch, denn so brauchten wir uns die fettigen Finger nicht extra zu waschen. Ich wunderte mich über sie. Seit ich zurück war, hatten wir nicht ein einziges Mal gestritten.

Als wir abends im Bett lagen, schaute sie lange das Poster von Cristiano Ronaldo an. Dann sagte sie: »Wir kriegen vielleicht einen Neuen.«

»In der Klasse?«, fragte ich.

»Nee, beim Tanzen.«

»Einen Jungen?«, fragte ich.

»Ja, stell dir vor, er hat sich alles selber beigebracht. Klassisch ist er zwar nicht ganz so gut, aber in Jazz, Modern, Hip-Hop. Nur mit Videos hätte er das gelernt, sagt er.«

»Das geht?« Ich stellte mir vor, Fußball nur anhand von Videos zu lernen.

»Behauptet er. Er ist wirklich krass gut.«

Eine Pause entstand. Ich betrachtete Katrinas Wand. Dort hing ein Poster mit drei weißen Schimmeln, die durch eine Nebellandschaft galoppierten.

»Wie oft war er denn schon da?«

»Ach, nur zweimal zur Probe ... Die andern meinen, er sei schwul.«

»Hm«, sagte ich, »wahrscheinlich sind einfach alle schwul, die besser sind.«

Eigentlich glaubte ich nicht, dass Cristiano Ronaldo schwul war, obwohl er sich laut Internet schon mal geoutet hatte. Aber im Internet hatte man schon Manuel Neuer für schwul gehalten, Philipp Lahm und Jogi Löw sowieso.

Es war mir eigentlich egal, wer was war, für mich war Cristiano Ronaldo einfach nur der GOAT, der *Greatest Of All Time.*

WILLKOMMEN : VERHASST

Im Training spielten wir zwei gegen zwei, ich zusammen mit Niclas gegen Ahmed und Ron.

Jetzt schrie Jurek: »Tempo, Tempo, Tempo! Das muss schneller gehen!«

Wir sollten unseren Angriff blitzschnell einleiten und beenden, aber Ron wirkte zerstreut und verkünstelte sich in Tricksereien, Niclas dagegen benahm sich, als wäre ich sein Gegner. Er dribbelte, als gäbe es nur ihn, und spielte nicht ab, obwohl ich mehrmals frei vor dem Tor stand. Als er das dritte Mal scheiterte, verlor Jurek die Geduld: »Für jedes sinnlose Dribbling 20 Liegestütze, Niclas.«

Aber auch das nächste Mal gab Niclas nicht ab, sondern dribbelte. Als er versuchte, Ahmed zu tunneln, prallte der Ball an Ahmeds Bein ab, ich schnappte ihn mir und stand frei vor dem Tor. Aber ich zögerte, überlegte, ob ich an Niclas, der sich freigelaufen hatte, abgeben sollte. Doch dann schoss ich selbst, viel zu unentschlossen und zu schwach, direkt auf den Torwart.

»Prima rausgespielt, Jo, aber nicht warten! Du willst ein Tor schießen, daran musst du immer denken. Der Ball soll rein! Und du, Niclas: in der Trinkpause 20 Liegestütze.«

»Aber das Dribbling war nicht sinnlos ... das ...«

»Keine Diskussion.«

Niclas war sauer und gab erst recht nicht mehr ab, obwohl er sich bemühte, nicht mehr sinnlos zu dribbeln. Stattdessen versuchte er sich an Fernschüssen. Einen dieser Schüsse wehrte Ron mit dem Kopf ab, der Ball flog zu mir und ich schoss ihn volley ins Tor. Treffer!

Trotzdem verloren wir unser kleines Match 3:1 und Niclas grollte. Immer noch grollend machte er seine 20 Liegestütze.

Mama Ahmed sagte zu mir: »Na, du bist mir 'ne Kanone!«

Ich wusste nicht ganz, wie ich die Bemerkung einordnen sollte, aber eigentlich hatte es eher nach Lob geklungen.

Nach dem Training ging Niclas hinter mir. Das fand ich merkwürdig, denn meistens ging ich als Letzte und Niclas im Pulk mit den anderen. Ich befürchtete Schlimmstes und dachte über Fluchtwege nach. Es gab keine. Meine einzige Rettung vor Niclas' Rache war meine Kabine, aber die musste ich ja erst aufsperren. Er folgte mir ins Vereinsgebäude, die Treppe hinauf, in den Gang, immer dicht auf den Fersen.

Endlich hatte ich meine Tür erreicht und blieb stehen. Niclas hätte jetzt an mir vorbei zu seiner Kabine gehen müssen. Das tat er aber nicht. Er blieb knapp hinter mir stehen. Ich spürte seinen Atem und versuchte so schnell wie möglich aufzusperren, aber vor Panik traf ich das Schloss nicht. Wieder hörte ich Niclas atmen, jetzt gelang es mir, den Schlüssel ins Schloss zu stecken. In dem Moment spuckte Niclas an meine Kabinentür, murmelte: »Missgeburt«, und ging an mir vorbei, weiter zu seiner Kabine. Ich flüchtete mich in meine und schlug die Tür hinter mir zu. Schon wieder musste ich heulen.

Dann duschte ich so lange, bis ich nicht mehr weinen musste, schließlich zog ich mich an. Bloß nicht mehr heulen, dachte ich und lauschte, ob die Jungs schon weg waren. Ich dachte an die Karte vom FFC. *Du bist jederzeit bei uns im Verein wieder willkommen!*

Ich, die Missgeburt.

Ich hielt das nicht mehr aus. Dann bückte ich mich und strich das FLY HIGH! durch. Das hier war eine Bruchlandung.

Zu Hause telefonierte ich mit Fabienne. Unser Gespräch verlief ungefähr so:

Sie, müde und mit träger Stimme: »Hi, Jo, was gibt's?«

Ich: »Ich halt das nicht mehr aus!«

Sie, genervt und noch träger: »Was ist denn?«

Ich: »Die Jungs. Sie sind zum Kotzen.«

Sie: »Sag ich doch schon immer. Mit Jungs kann man nicht Fußball spielen.«

Ich: »Aber was soll ich tun?«

Sie: »Tja.«

Dieses Tja erschütterte mich. Es klang so gleichgültig.

Ich: »Aber irgendwas muss ich doch tun!«

Fabienne schwieg. Ich wollte, dass sie sagte: »Na, dann komm doch wieder zu uns.« Ich wollte, dass sie mir half. Alle sollten mir helfen, Fabienne, Paula, Gesa, alle meine Freundinnen aus dem Verein. Vielleicht hätte sie mir geholfen, wenn ich das von der »Missgeburt« erzählt hätte. Aber ich brachte das nicht über die Lippen, nicht gegenüber Fabienne, die so schön war, dass sich jeder nach ihr umdrehte.

Ich wollte noch etwas sagen, so etwas wie »Frag doch mal Gabi!« oder »Meinst du, ich könnte morgen bei euch vorbeischauen?«, aber ich stockte. War Fabienne überhaupt noch meine Freundin?

Mir war in der Schule schon aufgefallen, dass sie, seit ich bei den Jungs war, kaum mehr mit mir redete. In den Pausen traf sie sich jetzt mit einem Mädchen, das ich nicht kannte, das aber nie ungeschminkt zur Schule kam. Vor ein paar Tagen nun hatte ich auch an Fabienne das erste Mal Wimperntusche und Lidschatten gesehen. Sie sah aus wie ein Model mit ihren langen, dünnen Beinen, ihrem bauchfreien Top und den langen, offenen Haaren.

Plötzlich kam mir mein Anruf peinlich vor. Was musste sie denken? Erst ging ich weg, weil der Mädchenverein nicht mehr gut genug war, jetzt rief ich fast heulend bei ihr an.

Eine Pause entstand. Nach ein paar Sekunden – ihre Stimme klang immer noch träge – fragte sie: »Bist du noch dran?«

»Ja, ja«, versuchte ich so sachlich wie möglich zu sagen. »Bin noch dran. Du, tut mir leid, dass ich dich angerufen hab. Ich war nur so verzweifelt, weil ich heut ganz übel umgeknickt bin.«

Ich stockte. Wozu hatte ich jetzt diese dumme Lüge erfunden?

Sie: »Ach so, na ja.«

Ich: »Ja, aber ist eigentlich nicht schlimm. Geht schon wieder. Vielleicht komm ich morgen mal bei euch vorbei.«

Sie: »Also, morgen ist es blöd. Da sind wir auf einem anderen Platz.«

Ich: »Auf welchem denn?«

Sie: »Hab ich grad vergessen.«

Ich: »Kannst du ja nachschauen und mir schreiben.«

Sie: »Ja, hm, ich weiß aber nicht, ob ...«

Ich: »Na ja, musst du nicht.«

Sie: »Also, wenn ich es finde, dann ...«

Ich: »Ja, prima, danke. Tschüssi dann!«

Ich wartete ihre Antwort nicht mehr ab und ließ mich aufs Sofa fallen.

Meine Mutter kam nach Hause und kochte. Es gab Nudeln mit Tomatensoße.

Alles lief schief und dann war da noch die Mathe-Klassenarbeit. Ich war grandios gescheitert, an den einfachsten Rechnungen. Obwohl ich es geahnt hatte, war ich am Boden zerstört.

Betty hatte natürlich eine Zwei plus, was die Sache nicht besser machte. Sie schielte auf die Fünf minus, die der Mathelehrer mit rotem Kugelschreiber und, wie mir schien, mit Genugtuung oben auf mein Blatt gemalt hatte. Das Minus war ein überlanger Strich, der sich am rechten Ende absenkte: Zur Sechs hin, wahrscheinlich.

Ich fragte mich, ob Cristiano Ronaldo die Quadratzahlen von 1 bis 20 auswendig konnte oder ob er die Kreiszahl kannte. Was alles musste man können, um im Leben zu bestehen? Wie es hieß, hatte Cristiano Ronaldo öfter geschwänzt und stattdessen Fußball gespielt.

Aber ich war nicht Cristiano Ronaldo. Ich war ja nicht einmal ein Mann. Ein Mann hatte immerhin die Chance, noch als Dritt-Liga-Spieler Geld zu verdienen. Frauen jedoch konnten vom Fußballspielen nicht leben, vielleicht in der Frauen-Bundesliga oder in Frankreich gerade so. Aber was war danach? Als Mädchen musste man einen ordentlichen Schulabschluss und wenn möglich eine Ausbildung machen oder studieren.

»Meine Mutter kriegt die Krise«, sagte ich und drückte die Tränen weg. Betty klopfte mir auf die Schultern.

Erst einmal wollte ich meiner Mutter nichts von der Fünf minus erzählen, und ich bat sie, die Nacht bei meinem Vater verbringen zu dürfen, das wäre nach dem Training praktischer.

Als ich dann bei ihm ankam, war ich vom Training müde und verschwitzt, obwohl ich geduscht hatte. Mein Vater hatte den Tisch auf der Terrasse gedeckt und legte zwei Steaks auf den Grill.

Während die Steaks brieten, unterhielten wir uns über Real Madrid und Barça, über Ronaldo und Messi, über Neymar und

Mbappé, den Videobeweis und wieso Fußballtrikots meist längs und fast nie quer gestreift waren.

Ich beugte mich hinunter zu meiner Schultasche und zog vorsichtig die Arbeit heraus.

»Papa, kannst du das bitte unterschreiben ... ich weiß schon, die Note ist nicht so gut, aber ... das war total schwer und der Lehrer erklärt es nie ordentlich.«

Mein Vater betrachtete die Arbeit. Hastig holte ich inzwischen aus meinem Mäppchen einen Kugelschreiber.

»Ich unterschreib später«, sagte mein Vater, offenbar unentschlossen, was er dazu sagen sollte. »Jetzt hab ich fettige Hände. Leg die Arbeit ins Wohnzimmer.«

Er wendete die Steaks. »Blutig oder medium?«, fragte er.

»Blutig«, sagte ich und brachte die Arbeit weg.

Dann aßen wir. Eine Weile schwieg mein Vater, dann sagte er: »Die Bundesliga kann eigentlich international einpacken – bis auf den FC Bayern. Aber der schwächelt auch und bald wird ohnehin alles von den Chinesen aufgekauft.«

»Wie ›alles‹?«

»Alles eben.« Er blickte finster drein. Das Gespräch lief ziemlich schlecht. Von den Chinesen würde er nämlich zu den Scheichs kommen, von den Scheichs zu den Arabern und von den Arabern zu den Flüchtlingen und dann würde er vom Nörgel- in den Schimpfmodus verfallen.

Doch er ließ die Scheichs, Araber und Flüchtlinge aus und sagte: »Und wenn es mal selbstfahrende Autos gibt, bin ich arbeitslos. Außerdem sind Lehrer überbezahlt.«

Die Bemerkung am Schluss klang, als sei meine Fünf so gut

wie verziehen. Ich atmete auf und stopfte ein großes Stück Fleisch in den Mund.

Nach dem Essen sagte mein Vater: »Komm, lass uns noch ein bisschen kicken.«

PFEFFERSPRAY : THUJAHECKE

Der Rasen meines Vaters war wunderbar weich und dicht, besser als der beste Platz, auf dem ich je gespielt hatte. Ich schoss ein paarmal aufs Tor, bis mein Vater die Idee hatte, »Lattetreffen« zu spielen. Jeder hatte zehn Schuss.

Die Latte zu treffen ist nicht ganz einfach. Ich hatte mir dazu schon unzählige Videos im Internet angeschaut. Da gab es zum Beispiel ein Battle zwischen Thomas Müller und Mats Hummels, ein anderes mit Stefan Raab und Profifußballern, eins zwischen Ibrahimovic und seinen Teamkollegen und außerdem unzählige »Lattetreffen«-Tutorials. Was solche Skills betraf, war ich nicht besonders gut – mir fehlte in meiner Ausbildung auf dem Schulhof einfach die Schaut-mal-was-ich-kann-Phase.

Trotzdem traf ich jetzt gegen meinen Vater zufälligerweise gleich beim ersten Mal die Latte. Zufällig traf ich auch ein zweites Mal.

Schließlich hatte jeder siebenmal geschossen, es stand 2:0

für mich, und der achte Schuss würde die letzte Möglichkeit meines Vaters sein, das Spiel noch gewinnen zu können.

Er konzentrierte sich eine halbe Ewigkeit und schoss. Und wirklich, er traf. Er jubelte, doch bloß kurz, denn der Ball prallte ab. Da er ziemlich scharf geschossen hatte und der Ball die Latte eher an der Oberseite berührt hatte, flog er in hohem Bogen über uns hinweg, immer weiter und immer weiter. Mir kam seine Flugbahn schon fast etwas unnatürlich vor, so als befände sich da oben irgendeine geheimnisvolle Kraft, die den Ball anzog.

Und so kam es, dass der Ball das erste Mal, seit mein Vater und ich auf unserem Rasen Fußball spielten, über die Thujahecke segelte.

»Verdammt«, sagte mein Vater und ließ die Arme, die er zum Jubeln hochgerissen hatte, sinken. »Jetzt ist er drüben.«

Ich wandte mich um zur Hecke. Schwarz ragte sie vor uns auf.

Nach dem Aufprall des Balles im Gras blieb es drüben still. Kein Zico bellte, kein Kubitschek war empört.

»Verdammt«, sagte mein Vater noch einmal.

»Wir müssen ihn holen«, sagte ich. Es war schließlich der echte, aktuelle Champions-League-Ball, der für über 100 Euro.

Mein Vater seufzte und murmelte düster: »Molosser sind römische Kriegshunde ...«

»Wir könnten beim Kubitschek klingeln«, schlug ich vor. Genaugenommen waren die echten Molosser ausgestorben; ihr Nachfolger war der Mastino Napolitano, was die Sache aber nicht besser machte.

»Niemals!«, rief mein Vater.

»Dann geh ich rüber in den Garten«, sagte ich, denn ich fühlte mich sehr schuldig an der ganzen Angelegenheit. Hätte ich keine Fünf geschrieben, hätte mein Vater nicht vom Untergang des Fußballs und der ganzen Welt reden müssen und wäre nicht auf die dumme Idee gekommen, nach dem Essen »Lattetreffen« zu spielen.

»Wenn er kommt, laufe ich einfach schnell davon. Der Hund ist ja schon alt und lahm.«

»Hm, hm. Aber wie willst du ins Grundstück reinkommen?«

»Über die Seite, vom anderen Nachbarn. Es ist ja schon fast dunkel. Keiner wird mich sehen.«

»Ich weiß nicht«, sagte mein Vater.

»Zico schläft bestimmt schon«, sagte ich. »Drinnen.«

Ehrlich gesagt, hatte ich keine Ahnung, wo Zico schlief. Keiner von uns hatte ja jemals das Grundstück vom Kubitschek betreten.

»Ich geh da jetzt rüber«, sagte ich voller Todesmut.

»Du kannst das Pfefferspray mitnehmen«, schlug mein Vater vor und holte es aus dem Haus.

So bewaffnet, kletterte ich also von uns zum linken Nachbarn und vom linken Nachbarn zu dessen gegenüberliegendem Grundstück, das wiederum das Nachbargrundstück vom Kubitschek war. Überall galt es Zäune und Hecken zu überwinden, aber sie waren längst nicht so hoch wie unsere.

Erst vor dem letzten Hindernis zögerte ich und lauschte. Drüben, beim Kubitschek, war nichts zu hören. Auch diese Hecke war brusthoch, ein Stechpalmenverhau übelster Art. Doch irgendwie gelang es mir, unter dem stacheligen Gebüsch durchzukriechen.

Die Blätter der Stechpalme waren nur mein erstes Problem, denn gleich hinter der Hecke befand sich ein Teich, in den ich fast gefallen wäre. Dieser Teich roch faulig, sein Ufer war sumpfig und voller Schilf und anderer Feuchtigkeit liebender Pflanzen wie Schachtelhalme und Farne in allen Größen. Ich schlängelte mich also an dem Teich vorbei, um ins Zentrum des Gartens vorzudringen. Überall waren Büsche und Ranken. Zico hatte ich fast vergessen, so beschäftigt war ich mit dem Kampf gegen den Urwald. Ein Buschmesser wäre wahrscheinlich besser gewesen als das Pfefferspray, das meine Hosentasche ausbeulte. Zum Glück trug ich Schuhe und Strümpfe. Aber wo war der Ball? Wie sollte ich ihn in diesem Gestrüpp finden?

»Jo?«, hörte ich meinen Vater flüstern. »Bist du drüben?«

»Ja, aber … es ist hier … ein bisschen unübersichtlich.«

Ich war jetzt an der Thujahecke. Noch ein paar Meter kämpfte ich mich an den Ausläufern des Teichs vorbei, dann stieg der Boden leicht an und wurde trockener. Hier wuchs normales Gras in normaler Höhe. Ich bückte mich an der Hecke. Das war die Stelle, an der ich kürzlich das Gesicht von Zico gesehen hatte. Der Kubitschek hatte das Loch im Maschendrahtzaun noch nicht entdeckt. Jedenfalls klaffte es noch offen.

»Papa?«, flüsterte ich. »Ich bin da.«

Erst sah ich die Füße meines Vaters in den pinkfarbenen Fußballschuhen, dann kniete er sich hin und ich sah sein Gesicht.

»Es ist hier der reinste Urwald. Wahrscheinlich kriechen hier riesige Würgeschlangen herum. Anakondas oder so.«

Inzwischen war der Mond aufgegangen.

»Und der Köter?«, fragte mein Vater.

»Nicht zu sehen ... hm ... und der Ball auch nicht.«

Das passierbare Rasenstück war nur schmal und schon ein paar Schritte weiter stand ich wieder inmitten von Stauden und Sträuchern. Alles blühte und duftete, doch in der Dunkelheit konnte ich die Farben nur erahnen.

Ich lauschte. Es war keineswegs still hier: Überall raschelte es; ein paar Vögel zwitscherten und ich hörte das Zirpen der Grillen.

Weil ich durch das Buschwerk kaum hindurchkam und weil meine Arme und Beine schon völlig zerkratzt waren, kehrte ich zurück auf die Grasfläche, die weniger eine Fläche war als ein schmaler Pfad durch den Busch. So näherte ich mich dem Haus, dessen Fenster dunkel waren bis auf ein einziges, grünlich erleuchtetes.

Der Ball war sicher nicht so weit geflogen, bestimmt steckte er irgendwo knapp hinter der Hecke, aber ich war neugierig geworden. Einen so eigenartigen Garten hatte ich noch nie gesehen.

Links und rechts von mir ragten weiter die Pflanzen auf, doch zum Haus hin wurde der Weg zu einer etwas größeren freien Fläche. Hier stand ein Wassernapf und zwischen zwei Lupinen entdeckte ich einen abgenagten Knochen.

Jetzt hatte ich das Fenster fast erreicht, und ich stellte fest, dass es sich zwar um eine Glasfläche, aber um kein Fenster, vielmehr um die Wand eines riesigen Aquariums handelte. Fische mit roten Bäuchen schwammen darin herum, während Bläschen aufstiegen und Wasserpflanzen umherschwankten. Das Ganze erinnerte mich an die Aquarien im Zoo.

Eine Weile stand ich so vor der Glaswand und sah den Fischen zu, die durch das dunkle Wasser schwammen. Man konnte sie gerade noch so erkennen. Den Hund hatte ich ebenso vergessen wie den Ball.

Plötzlich sprach jemand. Die Stimme klang etwas atemlos und dumpf und ich verstand irgendwas von »Natter« und »Sägezahn«. Was damit gemeint war, wusste ich nicht. Es war mir auch egal, die Stimme hätte auch »Cristiano Ronaldo ist tot« sagen können, es wäre mir auch egal gewesen, denn ich erschrak einfach darüber, dass überhaupt jemand sprach.

Ich schrie kurz auf, wandte mich um und blickte in eine scheußliche rote Fratze mit weit auseinanderliegenden Augen und großen, schiefen Zähnen.

Ich schrie noch einmal, dann rannte ich, so schnell ich konnte, den schmalen Graspfad, den ich gekommen war, zurück bis zu dem Teich, stapfte durch das fast hüfthohe, lauwarme Wasser, bis ich zu der Stelle an der Hecke kam, wo ich unter dem Zaun hindurchschlüpfen konnte.

Hier, in relativer Sicherheit, holte ich erst einmal Luft.

Mein Vater rief: »Jo? Was ist los?«

»Da war ein Monster!«, japste ich, als ich mich wieder auf unserem Grundstück befand.

»Hat dich der Köter angegriffen?«

»Nein, nein. Kein Hund. Es war ein Monster! Es stand direkt

hinter mir und sagte irgendwas von einer Natter mit Sägezähnen.«

»Monster sprechen nicht und Nattern haben keine Sägezähne«, sagte mein Vater und ich ärgerte mich über seinen mitleidlosen Ton. Er selbst hatte Angst vor Hunden, aber ich durfte mich nicht vor einer Schlange oder einem Monster fürchten!

»Papa!«, sagte ich deswegen. »Das ist die Hölle da drüben. Alles voller Schlingpflanzen und überall Sumpf. Und statt einer Fensterscheibe gibt es da ein riesiges Aquarium.«

Mein Vater schüttelte den Kopf. »Ich glaub, du hast heute ein bisschen viel Sonne abbekommen! Wo ist übrigens der Ball? Der war sauteuer!«

»Der war nirgends. Aber noch mal geh ich da nicht rüber. Mir egal, ob du diese Hundephobie hast. Und du wolltest ja unbedingt ›Lattetreffen‹ spielen.«

Ich ließ meinen Vater im dunklen Garten stehen und rannte zum Haus. Ich duschte 20 Minuten und cremte danach meine ganzen Kratzer ein. Sie brannten.

Ich schlief schlecht in dieser Nacht, und ich beschloss, nie wieder wegen einer schlechten Note außerplanmäßig bei meinem Vater zu übernachten.

Am nächsten Morgen sagte mein Vater: »Ich zeig ihn an.«

»Wen?«

»Unsern Nachbarn. Der Ball hat ein Vermögen gekostet.«

Jetzt, am hellen Morgen, erschienen mir die Ereignisse vom Abend ein wenig lächerlich. Ein Garten konnte gar kein Urwald sein, jedenfalls nicht in unseren Breiten, und es gab auch keine Monster, wenn man von Molosserhunden absah. Vielleicht hatte ich gar keine Stimme gehört und vielleicht hatte ich irgendeine merkwürdige Skulptur gesehen. Der Kubitschek sei schließlich Künstler, hieß es.

»Vielleicht sollten wir vorher mit ihm reden«, sagte ich.

»Vor was?«

»Bevor du ihn anzeigst. Der Garten ist wirklich ziemlich zugewachsen. Der Ball ist bestimmt da irgendwo.«

»Mit dem rede ich nicht.«

Auch ich mochte den Kubitschek nicht. Denn egal, was mein Vater tat, unser Nachbar beschwerte sich darüber: über den Grillgeruch, über die Hecke, über die Deutschlandfahne, über das Motorengeräusch unseres Autos.

Nach dem Frühstück packte ich meine Sachen. Auf der Ablage lag noch immer die Klassenarbeit; sie war noch nicht unterschrieben.

»Papa, die Mathearbeit«, sagte ich.

»Hm, ja.« Er stand auf, nahm einen Kugelschreiber und sagte: »Ich dachte eigentlich, du stellst dich ein bisschen geschickter an als ich damals. Was sagt denn Andrea dazu?«

Mir fiel keine Antwort ein.

Mein Vater lachte. »Ach so. Deswegen hast du hier übernachtet.«

MOLOSSER : PIRANHAS

Eilig verließ ich das Haus. Ich war spät dran. Deswegen wollte ich mit dem Rad zur S-Bahn fahren. Während ich mein Fahrradschloss aufsperrte, rief jemand: »Jo?«

Ich wandte mich um. Da stand der Kubitschek.

Sein Bart hing herunter bis auf die Brust und sein weißes Haar stand wild vom Kopf ab. Er trug ein weißes, halb offenes Hemd, weiße Leinenhosen und grobe Ledersandalen. Zico stand neben ihm, ein Spuckefaden hing ihm aus dem Maul. Ich hatte gelesen, dass diese Art von Hunden nicht alt wurde; sie waren einfach zu groß für das Leben. Zico machte ein sorgenvolles Gesicht, so, als wüsste er um seine kurz bemessene Zeit auf Erden.

»Ja, Zico, den schönen Ball müssen wir leider wieder hergeben.« Der Kubitschek drehte den Ball auf einem Finger – was mich sehr verwunderte, denn ich dachte, Bälle seien für den Kubitschek Teufelszeug.

Doch der Ball drehte und drehte sich so lange, wie ich es noch nie bei jemandem gesehen hatte. Es sah aus, als hätte der Ball – oder der Finger – einen Motor, mir wurde fast schwindlig. Wie machte der das bloß? Das würde ich auch gern können!

Schließlich stoppte der Kubitschek den Ball, der nicht von sich aus langsamer geworden war, und warf ihn mir zu.

Weil ich wie hypnotisiert von dem Gekreisel war, rutschte mir der Ball beim Fangen aus den Händen und fiel zu Boden.

Das war mir peinlich; ich fand es immer peinlich, einen Ball nicht fangen zu können. Schnell griff ich nach ihm und murmelte: »Danke.«

Ich hätte gern mehr gesagt, vor allem, weil mich interessiert hätte, wieso sich der Ball auf seinem Finger so schnell drehte. Außerdem hätte ich auch gern gewusst, wo und wann er den Ball gefunden hatte. Aber ich war mir auf einmal nicht sicher, was genau eigentlich am Abend zuvor passiert war. Was für eine Stimme hatte ich gehört? Was für ein Monster hatte ich gesehen? Hatte mich der Kubitschek die ganze Zeit über beobachtet? War ich überhaupt dort gewesen? Oder hatte ich das nur geträumt?

Ich wagte nicht, dem Kubitschek ins Gesicht zu schauen, weil ich eine Antwort aus irgendeinem Grund fürchtete. Genauso wenig aber wagte ich es, mich umzudrehen und den Ball zurück ins Haus zu bringen. Wie gelähmt stand ich da, stumm wie die hässlichen Fische in seinem Aquarium.

»Hab ich dich gestern erschreckt? ... Du warst doch in meinem Garten, um den Ball zu suchen.«

Ich antwortete nicht.

»Das war eine Maske aus Kautschuk von den Amazonasindianern.« Er lachte.

Mich fröstelte, obwohl es warm war.

»Ich muss zur Schule«, brachte ich schließlich hervor.

»Mit Ball?« Er lachte wieder. Machte er sich über mich lustig?

»Du brauchst ein Team«, sagte er schließlich.

Ich verstand nicht.

»Es ist im Leben wie im Fußball. Allein kommt man nicht weiter.«

Ich verstand immer noch nicht, was er meinte.

»Du brauchst die richtigen Leute um dich.«

Zico sah mich mit seinen traurigen Augen an, wahrscheinlich, weil ich immer noch nicht verstehen konnte, was der Kubitschek meinte. Unwillkürlich musste ich Zico am Kopf kraulen. Seine Haut war faltig und weich. Er wedelte mit dem Schwanz.

»Siehst du. Einen Freund hast du schon«, sagte der Kubitschek. »Stell dir ein Team zusammen, und du wirst sehen, du wirst gewinnen.«

Ich schaute ihn nur mit offenem Mund an. Was meinte er?

»Na dann, auf ein *jogo bonito*!«, rief er gut gelaunt und spazierte mit dem schwanzwedelnden Zico davon.

Ich schloss die Haustür auf, warf den Ball in den kleinen Flur und rannte zur S-Bahn.

Natürlich hatte ich Betty vor der Stunde von meinem Abenteuer im Nachbargarten erzählt. Auch sie war sich sicher, dass es keine Nattern mit Sägezähnen gab. Und in Mitteleuropa seien die meisten Nattern sowieso ungefährlich.

»Aber es sah da aus wie in einem Dschungel.«

»Giftschlangen dürfen nicht unbeaufsichtigt in offenem Gelände gehalten werden. Man braucht einen Sachkundenachweis …«

»Betty! Jo!«, mahnte der Lehrer. Mir warf er einen Blick zu, giftiger als der einer Sägezahnnatter.

Betty war derweil unter der Bank mit dem Handy beschäftigt. Ich schrieb die Gleichungen von der Tafel ab. Ja, ich musste besser aufpassen. Beim Fußball konnte ich das doch auch.

Weil Betty eine ganze Weile in irgendwelche Nachforschungen im Internet vertieft war, gelang es mir, den mathematischen Gedankengang, den der Lehrer gerade vollzog, wenigstens lückenlos und sauber ins Heft zu übertragen.

»Natterers Sägesalmler«, sagte da Betty zu mir.

»Was?«

»Das hat er zu dir gesagt, dein Nachbar.«

Ich antwortete nicht. Es war möglich, dass er das gesagt hatte.

»Sahen die Fische so aus?« Betty hielt mir ihr Handy hin. Auf einem Foto sah ich einen Fisch mit rotem Bauch.

»Das ist ganz einfach der Rote Piranha. Der, den man im Aquarium halten kann.«

Ich seufzte. Die Fische waren also Piranhas.

»Was willst du, besser als eine Giftviper im Garten. Wusstest du übrigens, dass diese Fischlein nur gefährlich sind, wenn sie Hunger haben?«, fragte sie.

»Mh«, machte ich. Es war ja gut und schön, dass Betty das Sägezahnnatter-Rätsel gelöst hatte, aber ich war gerade dabei gewesen, mich auf die Mathestunde zu konzentrieren. Der Lehrer sah schon wieder ungeduldig her.

»Die meisten Unfälle«, fuhr Betty ungerührt fort, »passieren übrigens beim Angeln. Wenn man sie am Haken hat, wehren sie sich.«

»Man angelt sie???«

»Man kann sie sogar essen. Sie schmecken hervorragend. Steht jedenfalls im Internet.«

Hektisch schrieb ich ab, was an der Tafel stand. Schon wieder kapierte ich nichts. Daran war nur Betty schuld.

»Und sie greifen vor allem tagsüber an«, sagte sie jetzt. »In der Dunkelheit kann man also in aller Ruhe baden. Natürlich nur, wenn man keine offenen Wunden hat.«

Ich antwortete nicht und spähte zu unserem Lehrer. Er wischte gerade die Tafelanschrift weg.

»Deswegen hast du auch diese Probleme«, sagte Betty.

»Welche Probleme?«

»Na ja, Piranhas sind doch wie deine Jungs. Sie brauchen genug Futter und man muss sie in Ruhe lassen.«

»Ich nehme ihnen Futter weg?«

»Ja, und du störst sie.«

»Aber wieso störe ich?«

»Weil du redest«, sagte der Lehrer.

Ich verstummte. Es war einfach ungerecht. Ich hatte fast gar nicht geredet, nur Betty.

»Hast du offene Wunden?«, fragte sie nun.

»Mann, hör doch auf!«, zischte ich zurück.

Was redeten die alle? Betty von offenen Wunden, der Kubitschek von einem Team, das ich mir zusammenstellen sollte und dessen erstes Mitglied ein todgeweihter Mastino Napolitano war.

In der Pause sagte ich: »Betty, du darfst in Mathe nicht immer über Piranhas reden!«

»Gut, soll ich über Fußball reden?«

»Nein, du sollst gar nicht reden. Ich versteh sonst nichts.«

»Aber ich wollte dir doch nur helfen. Wegen gestern Abend.«

»Hast du ja auch, danke.«

Ich wusste zwar nicht, was mir die Tatsache, dass unser Nachbar Rote Piranhas im Aquarium hielt, helfen sollte, doch Betty sprach schon weiter. »Im Übrigen störst du, weil du ein Mädchen bist.«

»Hä?«

»Hab ich doch vorhin gesagt: Du störst die Jungs. Du störst die Männergemeinschaft. Männer wollen in Ruhe gelassen werden bei der Ausübung ihres Hobbys.«

»Fußball ist kein Hobby«, sagte ich. Vielleicht wollte ich sie herausfordern. Oder mich ein bisschen rächen für ihr Geplapper in der Mathestunde. »Beim Fußball geht es um Leben und Tod. Fußball ist Krieg.«

Das Leben war ein Piranhabecken. Und offene Wunden hatte ich unzählige. Ich war hässlich, ich kam mit der S-Bahn, ich trug zu billige Schuhe, mein Handy hatte die falsche Marke, ich schoss nicht hart genug, ich machte, was der Trainer sagte, ich hatte keine Skills, ich zog mich in der Schiedsrichterkabine um, ich war nicht im selben Chat und ich fand Cristiano Ronaldo gut. Kurz, es war einfach alles falsch an mir.

»Weißt du«, sagte Betty, »du musst in irgendeiner Weise interessant für sie werden. Man müsste sich den Laden mal anschauen ... hm, vielleicht komme ich heute Nachmittag einfach mal mit dir mit.«

»Du?«

»Ja, wieso nicht? Wir könnten heute zusammen hinfahren.«

»Betty, ich weiß nicht, wenn sie uns zusammen sehen ...«

»Was soll da sein? Du kommst mit einer Freundin. Ist das so seltsam?«

»Ja.«

»Aber warum?«

Ich wusste keine Antwort. Vielleicht machte eine Freundin, die nicht Fußball spielte, die Distanz zwischen mir und den Jungs noch größer.

»Warum?«, wiederholte Betty ihre Frage.

Ja, warum eigentlich? Betty war Klassensprecherin, sie war hübsch, kam mit allen gut aus und hatte schon mal einen Debattierwettbewerb gewonnen. Wer, wenn nicht sie, war die geeignete Person? Und sie wollte mir helfen. Sie war nach Zico die Nummer 2 in meinem imaginären Team.

»Also gut«, sagte ich. »16 Uhr. Aber sei bitte pünktlich.«

»Ja, ja, klar.«

HIGHHEELS : STOLLEN

Betty war natürlich nicht pünktlich. Betty war nie pünktlich, aber sie hatte auch keinen Trainer, der Unpünktlichkeit beim Spiel mit einer Halbzeit auf der Bank bestrafte.

Um 16.05 Uhr beschloss ich, ohne Betty zum Training zu

fahren. Ich war stocksauer. Die S-Bahn hielt, ich stieg ein. Eigentlich war ich froh, ohne Betty zu fahren. Womöglich war sie oberpeinlich. Doch kurz bevor sich die S-Bahn-Tür schloss, sprang sie in den Waggon.

»Uff, gerade noch geschafft!«

»Ja, Mann!«, schimpfte ich. Dann erst sah ich das wahre Ausmaß der Katastrophe. Betty trug die kürzesten Hotpants, die sie hatte finden können, Riemchensandalen mit Absatz, und sie hatte sich die Lippen dunkelrot angemalt. Keine Frage, Betty konnte das machen. Sie hatte tolle Beine, tolle Haare und einen tollen Mund mit vollen Lippen.

»Aber Betty, was ...!«

Sie lächelte mich an. Auf ihren Zähnen war ein wenig Lippenstift gelandet.

»Wisch das ab!«, sagte ich und deutete auf die Zähne.

»Oh«, sagte Betty und holte ihr Handy hervor, um ihr Gesicht zu überprüfen. »Das Top hab ich mir übrigens von meiner Schwester ausgeliehen. Schick, oder?«

Das Top war am Hals zwar eng geschlossen, aber es ließ den Rücken frei. Betty war knallbraun.

»Betty, so kann man doch nicht auf den Fußballplatz gehen.«

»Doch, kann man.« Betty verschränkte die Arme. »Ich spiele ja nicht mit.«

Mir floss der Schweiß in Bächen herunter. Hätte ich Betty doch abgewimmelt!

Aber jetzt war sie dabei; unsere Unternehmung erschien mir wie eine Fahrt durch den brasilianischen Dschungel auf einem Floß, das ungebremst auf einen Wasserfall zufuhr.

Wir stiegen aus und betraten das Trainingsgelände. Es war sehr weitläufig mit mehreren Kunstrasen- und Rasenplätzen und verschiedenen Gebäuden.

»Cool mit diesen Flugzeugen!«, sagte Betty.

»Sie sind manchmal laut!«, schrie ich Betty ins Ohr.

Dann äugte ich herum, ob schon jemand aus meinem Team da war. Wir waren immer noch rechtzeitig dran, denn ich hatte, weil ich Betty kannte, in die Treffpunktzeit um 16 Uhr bereits eine Viertelstunde Puffer eingebaut. Betty trippelte auf den hohen Schuhen neben mir her auf dem Ascheboden, der weite Teile des Vereinsareals bedeckte. Obwohl es erst geregnet hatte, war alles staubig. Betty knickte um. Ihre Fußnägel waren so rot wie ihr Mund und ihr Top.

»Ich hab sie nicht oft an«, sagte Betty und deutete auf die Schuhe. »Meine Mutter hat sie mir für die Hochzeit meiner Cousine gekauft. Heidi Klum würde mich total fertigmachen.«

Wir lachten. Einen kurzen Moment vergaß ich die ganze Gefahr, die von Bettys Anwesenheit ausging.

Es war eigenartig: Viele der Jungs hatten Schwestern und Mitschüler*innen*. Wahrscheinlich verhielten sie sich diesen Mädchen gegenüber sogar einigermaßen normal, zu Hause, in der Schule, im Urlaub.

Nur auf dem Fußballplatz galten andere Regeln. Das Wichtigste war, cool zu sein, und dazu gehörte absolut männliches Verhalten, also grölen, schubsen, treten, zocken, rülpsen, fluchen, schmutzige Witze, Chips essen und natürlich die besten, teuersten und neuesten Schuhe in Kombination mit gegelten Haaren und dem besten, teuersten und neuesten Handy.

Wir näherten uns der gefährlichsten Zone, dem Bereich vor der Tür des Vereinsgebäudes. Dort standen die Trainer herum, dort trafen sich die Spieler der 1. Mannschaft, dort fuhr der Platzwart mit seinem Caddy herum. Zwei muskelbepackte Jungs aus der A-Jugend rannten uns fast um. Sie rochen nach Rasierwasser, Bällen und Schweißfüßen.

»Oh, Mann«, flüsterte Betty. »Die geballte Ladung Testosteron!«

Sie sah sich nach den Jungs um, die sich ihrerseits nach ihr umdrehten.

»Komm, weiter!« Ich zerrte an Betty, doch zu spät.

Kurz vor der Tür – ich hatte schon gehofft, vollkommen unbemerkt das Gebäude betreten zu können – kam uns von drinnen Otto entgegen. Zum Glück nur Otto, dachte ich.

Ich sagte: »Hi«, und schlug bei ihm ein. Einschlagen war eine Kunst für sich. Auf gar keinen Fall durfte man als Mädchen dem Jungen dabei in die Augen sehen. Das »Hi« musste so gelangweilt und so genuschelt wie möglich klingen und man musste die richtige Einschlagdosis erwischen. Zu schlapp war schlecht, aber noch schlechter war zu stark.

»Hi«, sagte auch Betty. Normale Mädchen mussten natürlich nicht einschlagen, das heißt, sie durften auch nicht. Genauso wenig schlug man bei den Eltern ein, diesen gab man einfach nur die Hand. Wir Mädchen beim FFC schlugen bei jüngeren und älteren Vereinsmitgliedern und bei Trainern ein. Mannschaftskameradinnen wurden umarmt. Man konnte also beim Begrüßen viele, viele Fehler machen.

Wie Betty zum Beispiel: Sie sah Otto während ihrer Begrüßung direkt an. Otto wandte seinen Blick nach etwa einer millionstel Sekunde ab. Ich konnte nicht erkennen, was in ihm vorging. Mir war Betty peinlich, aber interessanterweise hielt er uns die Tür auf und ließ uns den Vortritt.

Wir klopften an den Glaskasten des Platzwarts und ließen uns die Kabinenschlüssel geben. Otto nuschelte »danke« und ging gleich nach oben, ohne noch etwas zu uns zu sagen. Ich sah aber, wie er erstens sehr langsam hinaufging und zweitens dabei durchs Treppengeländer nach unten lugte.

»Ich geh jetzt auch hoch«, sagte ich zu Betty. Eigentlich wollte ich ihr erklären, sie solle zum zweiten Kunstrasenplatz gehen und sich dort auf eine Bank setzen, aber in dem Augenblick kam Niclas zur Tür herein. Er stutzte kurz, als er Betty sah, dann schlug er bei mir ein, ohne etwas zu sagen. Ich sagte auch nichts. Zu Niclas durfte ich auf gar keinen Fall irgendetwas sagen, nicht einmal »Hi«.

Er tat, als übersehe er Betty, obwohl er sie mit einem raschen Blick natürlich ganz genau gemustert hatte, und ging an ihr vorbei die Treppe hoch. Otto hatte auf den letzten Stufen auf ihn gewartet und sie verschwanden gemeinsam aus meinem Blickfeld.

»Das war Niclas«, raunte ich Betty zu. In dem Augenblick kam Ron. Er trug Kopfhörer und tat so, als sähe er weder Betty noch mich, grüßte aber den Platzwart in seinem gläsernen Kasten.

Der Himmel war grau und es war schwül. Wir spielten »Schweinchen in der Mitte« mit zwei Ballkontakten. Betty hockte neben Mama Ahmed auf einer der Bänke am Spielfeldrand und schaute zu. Ab und zu unterhielten sie sich, ab und zu kam eines von Ahmeds Geschwistern angelaufen, die hinter dem Zaun einen Schaumgummiball herumkickten.

»Ron, wir üben hier nicht für eine Fußball-Freestyle-Show, sondern für ein Spiel«, sagte Jurek, weil Ron es nicht lassen konnte, zwischen den Übungen irgendwelche Tricks auszuprobieren.

Ein paar Minuten bemühte sich Ron, dann jonglierte er wieder, anstatt nach zwei Ballkontakten zu passen.

»Ron!«

»Mann, ey, ich mach ja schon!«

»Nenn mich nicht ›Mann, ey‹! Ab in die Mitte!«

Ron wurde »Schweinchen« und blieb es ewig, was ihn wütend machte. Es gelang mir, ihn zu tunneln, aber seine Rache war fürchterlich, denn er trat mir bei der nächsten Gelegenheit voll auf den Fuß. Ich unterdrückte einen Aufschrei.

Zum Glück hatte niemand Rons Tritt bemerkt, doch kurz darauf trickste Ahmed ihn übel aus. Auch auf ihn trat Ron ein. Ahmed heulte laut auf, ließ sich sehr theatralisch seitlich fallen und hielt sich das Bein.

»Ron, bist du verrückt geworden?«, rief Jurek. »Erst rummaulen und dann noch treten?«

»Ich hab nicht getreten.«

»Haha, gar nicht!«, rief ich.

»Was weißt denn du?«, mischte sich Niclas ein.

»Ron, ich hab doch gesehen, wie du Ahmed getreten hast«, sagte Jurek. »Entschuldige dich sofort bei ihm!«

»Nee!«

»Ron!«

»Niemals!«

»Gut, dann gehst du nach Hause.«

»Gut, dann geh ich nach Hause!« Ron verschränkte die Arme und machte ein trotziges Gesicht. Er wandte sich zum Gehen.

Doch da sagte Niclas zu Jurek: »Kann Ron nicht bleiben? Das war doch gar nicht so schlimm, und mein Vater sagt, du bist viel zu streng.«

»Was dein Vater sagt, ist mir eigentlich ziemlich egal«, sagte Jurek.

»Er ist Rechtsanwalt!«

»Ja, und? Und wenn er Kaiser von China wäre: Ich bin hier der Trainer ... Ron, entschuldigst du dich jetzt?«

Doch Ron stampfte vom Platz, allerdings vergaß er, den Kabinenschlüssel mitzunehmen.

»Es ist hier ja wirklich so schlimm, wie du erzählt hast«, sagte Betty und machte ein Gesicht, aus dem echtes Mitleid sprach. Ich hatte sie mit in die Kabine genommen.

»Hast du mir nicht geglaubt?«

»Da bade ich lieber in einem Schwarm ausgehungerter Piranhas. Bei Tageslicht.«

Ich erzählte Betty jetzt, was Niclas genau gesagt hatte und dass sein Vater Rechtsanwalt sei.

Sie schüttelte den Kopf. »Wie heißt Niclas mit Nachnamen?«

»Ackermann.«

Betty zog ihr Handy heraus und tippte darauf herum.

»Ist das sein Vater?« Sie hielt mir ein Bild eines blonden Mannes in dunklem Anzug hin, blassrosa Hemd, gegeltes Haar. »Dr. jur. Thomas Ackermann? Er hat eine Kanzlei im Stadtzentrum.«

Ich nickte.

»Ein Schnösel«, sagte Betty.

»Hast du eigentlich gesehen, wie mich Ron getreten hat?«, fragte ich.

»Wann?«, fragte Betty.

»Bei ›Schweinchen in der Mitte‹.«

»Das heißt wirklich so?«

»Ja. Alle spielen das. Auch Cristiano Ronaldo und so.«

»Heißt das in anderen Sprachen auch so? *›Pig in the middle›*?« Betty lachte sich krumm.

»Nee, ich glaub, auf Englisch heißt es *›box*‹ .« Ich hatte das in der Ronaldo-Biografie gelesen.

»*Box*«, wiederholte Betty. »Das klingt wie ›Knast‹.« Sie stand vor dem Spiegel und zupfte an ihren Haaren herum.

Ich lachte.

»Dann lieber *›pig in the middle‹* , überlegte Betty. »Hm, aber das hört sich fast an wie *pain in the ass* ... Haha: *Ron spielt wieder ›pain in the ass‹!* Fußball ist doch zuuuuu komisch!« Sie lachte noch lauter. Doch plötzlich wurde sie ernst. »Hä, aber ich dachte, er hat Ahmed getreten?«

»Mich hat er davor schon getreten.«

»Oh! Hab ich gar nicht gemerkt!«

»Weil ich nichts gesagt habe.«

»Haha, aber Ahmed heult, als wäre er kurz vorm Abkratzen. Das sind doch wahre Helden!« Sie wandte sich vom Spiegel ab und machte einen Schritt, bei dem sie mit den Schuhen beinahe umknickte und noch mehr lachte.

Ich zuckte mit den Schultern und zog die Socken aus, dann die Stutzen. Auf meinem Fuß hatte sich ein rotlila Fleck gebildet.

»So ist das eben«, sagte ich.

Betty hörte zu lachen auf. »Was hast du gesagt?«

»So ist das eben«, wiederholte ich.

»So ist das eben nicht. Wir müssen uns wehren!«

»Wer wir?«

»Wir Frauen!«

»Wogegen denn?«

»Gegen alles!«

»Aber wie?«

Betty ließ ratlos die Schultern hängen. Dann holte sie ein Taschentuch aus ihrer kleinen Tasche – hab ich schon erwähnt, dass sie ein Glitzertäschchen mit rotem Herz umhängen hatte? – und wischte sich den Lippenstift ab.

»So jedenfalls nicht.«

Dann zog sie ihre hohen Schuhe aus und hüpfte barfuß in der Kabine herum.

Genaugenommen hatte Bettys Aktion sogar Erfolg gebracht: Otto nahm in der S-Bahn denselben Wagen wie wir. Sonst ging er immer in einen anderen. Er stieg früher aus und nickte uns – wahrscheinlich Betty – zum Abschied kurz zu.

Trotzdem oder gerade deswegen hatte ich schlechte Laune. Was brachte es mir, wenn alle Betty gut fanden? Darum ging es ja gar nicht. Es ging um Fußball.

Auch mein Vater hatte schlechte Laune. Meine Mutter hatte ihn angerufen und sich beschwert, dass ich öfter bei ihm sei, seit ich bei den Jungs spielte. Außerdem würde ich nicht mehr Keyboard üben.

»Wie soll man bei viermal Training noch Keyboard üben?«, fragte mein Vater jetzt mich – oder eher sich selbst. »Dass man unbedingt ein Instrument lernen muss, ist doch nur so ein Tick von deiner Mutter!«

Wir saßen beim Abendessen. Es gab Kartoffelsalat aus der Packung und Bratwürste.

»Musik ist doch gut«, sagte Katrina.

»Ja, jeder hört gern welche. Aber muss jeder unbedingt ein Instrument spielen?«

Katrina zuckte mit den Schultern und stocherte in ihrem Essen herum. Dann schob sie die halbe Wurst beiseite.

»Schmeckt's dir nicht?«, fragte mein Vater.

»Es gibt zu oft Fleisch«, sagte Katrina.

»Wurst ist doch kein Fleisch.«

»Doch.«

»Ich hätte auch Putenwurst.«

»Geflügel ist auch Fleisch.«

»Ja, aber ...«, sagte mein Vater und überlegte. »Puten ... sind doch ... Vögel.«

Katrina lachte und sagte: »Ach, Papi. Du bist so süß, manchmal!«

Wir aßen weiter. Katrina schaltete den Fernseher an, weil dort eine Sendung über Tänzer kam. Eine Weile hockten wir stumm am Esstisch und schauten fern. Ich dachte an Ron und seinen Tritt und dass er gegangen war, ohne sich zu entschuldigen.

»Gab's heute Stunk?«, fragte mein Vater, während er die Gabeln einsammelte.

»Wieso?« Ich versuchte zu lächeln.

»Pssst!«, machte Katrina.

»Der Trainer hat sich wohl ziemlich über euch geärgert.«

»Woher weißt du das? Hast du etwa zugeschaut?«, fragte ich. Mein Vater war lange nicht mehr zum Training gekommen, eigentlich nicht mehr, seit ich ihn darum gebeten hatte.

»Ja, aber nur kurz, bin zufällig vorbeigekommen. Und zufällig hab ich dann Ottos Vater am Eingang getroffen. Er meint, dass Ron in letzter Zeit sehr lustlos sei. Oder grob. Er hat Ahmed getreten.«

»Nicht nur ihn.«

»Dich etwa auch?« Mein Vater sprach nun lauter.

»Pssst«, machte Katrina. »Ich versteh gar nichts.«

»Nur ein bisschen.«

»Zeig es mir mal. Achmed hat eine dicke, blaue Beule am Schienbein!«

»Ich hab nur was am Fuß. Das ist nicht schlimm.«

Ich wollte nicht darüber reden. Mich ärgerte, dass mein Vater jetzt offenbar heimlich zuschaute, das ärgerte mich mehr als Rons Tritt.

»Zeig es mal!«, sagte mein Vater.

»Psssst!«, machte Katrina.

Widerstrebend zog ich meine Socken aus, die ich extra angezogen hatte, um den blauen Fleck zu verdecken. »Es ist nur ein blauer Fleck.«

»Mann, könnt ihr mal ruhig sein ... iiih, was hast du da für einen üblen blauen Fleck!«

»Ich spiele halt Fußball.«

»Aber warum hast du nichts gesagt?«, fragte mein Vater.

»Mann, seid doch mal leise!«, kreischte Katrina.

»Klappe! Dich hat man nicht getreten!«, fuhr ich sie an.

»Ja, weil ich nämlich nicht so eine oberdumme Sportart betreibe!«

»Deine Sportart ist auch oberdumm.«

»Tanzen ist kein Sport. Tanzen ist ...« Katrina fiel kein Wort ein.

»Siehst du, du weißt nicht mal, was Tanzen ist. Außerdem kann man mit Fußball viel mehr Geld verdienen.«

»Wenn man ein Junge ist. Aber was willst du als Mädchen?«

»Ach, lass mich doch in Ruhe. Ich will gar nichts verdienen, ich will einfach nur Fußball spielen.«

»Und ich will meine Serie gucken. Könnt ihr nicht rausgehen zum Streiten?«

»Wir streiten doch gar nicht«, wandte mein Vater ein. »Und jetzt lass du mal die arme Jo, Katrina.«

»Immer muss ich Rücksicht nehmen. Madame ist verletzt, Madame muss zum Fußball, Madame muss zu Papa. Ich muss immer mit, muss beknackte Fußballergesichter anschauen und stolpere überall in der Wohnung über Bälle. Und du, Papa, hockst immer nur am Fußballplatz, und wenn du nicht am Fußballplatz hockst, dann übst du Jonglieren oder Vollspannschießen, weißt du, wie peinlich das ist????«

Katrina hatte sich heißgeredet.

»Vollspann! Ha! Das klingt wie Vollpfosten!«, machte sie weiter. »Warum übst du nicht mal Spitzentanz, Papa? Warum schaust du nie bei mir zu und immer nur bei Jo? Interessiert dich überhaupt, was ich tue?«

»Ich … ich … äh …«

»Und jetzt will ich meine Serie sehen! In Ruhe!«

Katrina platzierte sich auf dem Boden direkt vor dem Fernseher und drückte so lange auf die Volume-Taste der Fernbedienung, bis der Balken ganz durchging.

Mein Vater und ich hielten uns die Ohren zu und verließen das Wohnzimmer.

Auf der Terrasse setzten wir uns in die Hollywoodschaukel. Sie hatte großblumige, verblichene Polster. Ich hörte, wie Katrina die Lautstärke nach unten regelte.

»Sie spinnt«, sagte ich.

Mein Vater winkte ab.

»Sie beruhigt sich schon wieder … aber … hm … Ich versteh trotzdem immer noch nicht, warum du dich nicht beschwert hast. Das muss doch wehgetan haben.«

»Weil es nicht ging!«

»Aber warum ging das nicht? Ahmed hat doch auch was gesagt.«

»Ahmed ist eben Ahmed.«

»Versteh ich nicht. Du bist Jo. Warum kannst du nicht sagen, dass dir was wehtut?«

Ich verschränkte die Arme und schaute auf den Rasen, der wirklich in einem nahezu perfekten Zustand war.

Weil ich nicht antwortete, sagte mein Vater: »Komm, wir kicken ein bisschen rum, und du zeigst mir, wie diese Zidane-Rolle geht.«

Ich schaukelte hin und her. Die Hollywoodschaukel quietschte. Manchmal wurde ich darauf seekrank. Jungen durften heulen, Mädchen nicht.

»Natürlich nur, wenn dir dein Fuß nicht wehtut«, sagte mein Vater.

»Er tut nicht weh.«

In der Mathestunde sagte Betty: »Es ist ja eigentlich nur Niclas so schlimm, wenn wir Ron und seine Treterei mal gnädig übersehen. Ja, Niclas ist echt übel. Ahmed kann Niclas übrigens auch nicht leiden. Mama Ahmed hat mir das gestern erzählt.« Nun schrieb sie eilig etwas von der Tafel ab. Zwei Minuten konzentrierte sie sich auf den Unterricht. Dann fragte sie: »Was ist eigentlich mit dem moppeligen Großen?«

»Sigi? Er ist zweiter Torwart.«

»Oh«, sagte Betty. »Zweiter ist nie gut.«

»Ja, er hat deswegen manchmal schlechte Laune. Hm. Oder eigentlich immer.«

»Er sieht aus wie ein beleidigtes Riesenbaby. Stell ihn dir mal mit Strampelanzug und rosa Mützchen vor.«

»Er ist adelig«, sagte ich. »Sein vollständiger Name lautet

Siegfried Johann Leopold von Staden. Die Jungs nennen ihn manchmal den ›Graf‹, wenn er mal wieder zu faul ist, sich zu bewegen.«

»Und wenn er so faul ist, warum ist er dann überhaupt in der Mannschaft?«

»Er war wohl erst der Stammtorwart, aber dann kam Otto. Der war zunächst viel schlechter, aber er hat sich eben sehr verbessert.«

»Mama Ahmed kann Sigi nicht ausstehen. Er hat sie wohl mal blöd angeredet, warum sie ›wie eine Schleiereule‹ rumlaufe. Aber sie ist hart im Nehmen. Das sei bloß Angst, sagte sie. Angst vor dem, was man nicht kennt. Sie findet es übrigens toll, wie du dich in der Mannschaft schlägst.«

»Ja?«

»Ja, sie ist totaler Fan von dir.«

Ich schüttelte ungläubig den Kopf. Mama Ahmed gehört also auch zu meinem Team.

WALDMEISTER : WENDIE

Ich war mit meiner Mutter Fußballschuhe kaufen. Meine Mutter hasste das und wir waren schon im dritten Geschäft. Im ersten hatte es nur Billigmodelle gegeben, im zweiten nur die Größen 44-48, was meine Mutter zu einer minutenlangen Tirade über die Männerdominanz im Fußball verleitete, bis sie zu der armen Verkäuferin sagte: »Hat es irgendeine von diesen Sportartikelfirmen überhaupt auf dem Schirm, dass auch Mädchen Fußball spielen?«

Die Verkäuferin sah uns nur hilflos an, während meine Mutter mich am Arm packte und aus dem Geschäft zerrte.

»Nein, hat niemand auf dem Schirm!«, rief sie über ihre Schulter in den Laden, sodass es alle hören konnten. »Und ich? Ich muss das ausbaden und meine knappe Freizeit in idiotischen, schlecht bestückten Geschäften verbringen!«

»Mama!«, flehte ich. Jetzt zog ich sie am Arm. »Beruhig dich doch mal. Es gibt doch noch diesen *einen* Laden.«

»Ja, aber zu diesem *einen* Laden fahren wir eine halbe Stunde mit der S-Bahn.«

»Alle meine Jungs kaufen da.«

»Du bist aber nicht alle und schon gar kein Junge.«

»Mama, ich brauche Schuhe. Die alten sind zu klein.«

»Wieso wolltest du die aus dem ersten Laden nicht?«

»Mit denen kann ich mich auf dem Platz nicht sehen lassen.«

»Warum, die sahen doch ganz schick aus, diese neongelben.«

»Ja, Mama, aber das *Modell.*«

»Wie ›das Modell‹?«

»Es gibt jede Art Schuh in verschiedenen Qualitäten.«

»Aber ich kann doch nicht 100 Euro für einen Fußballschuh ausgeben!«

»Ich habe eben keine Kindergröße mehr.« Ich erwähnte mal

lieber nicht, dass auch 100 Euro noch steigerungsfähig waren. Man konnte problemlos mehr als doppelt so viel für Fußballschuhe ausgeben und selbst damit hatte man noch keinen wirklich teuren Schuh.

»Das ist ja das Blöde«, schimpfte meine Mutter. »Wieso müssen Mädchen ab Größe 39 teure Männerschuhe kaufen?«

»Mama, so ist das halt. Und außerdem hat Wendie Renard auch diesen Schuh.«

»Wer in aller Welt ist Wendie Renard?«

Ich seufzte. Meine Mutter kannte natürlich nicht Wendie Renard. Außerdem befand sie sich auf dem Kriegspfad gegen die Fußballschuhindustrie, es war nicht mit ihr zu reden. Wir standen im Einkaufszentrum und ich wäre am liebsten hinausgerannt. Aber draußen war es so heiß. Die nächste Hitzewelle hatte die Stadt erfasst, und ein klimatisiertes Shoppingcenter war der Ort, wo man es noch am ehesten aushielt.

Jetzt seufzte meine Mutter. »Komm, wir essen Eis.«

Wir kauften uns jede eine Kugel Waldmeister und setzten uns auf die marmornen Stufen, die zu einem Brunnen-Pflanzen-Arrangement in der Mitte des Centers führten.

Dass wir beide Waldmeister mochten, freute mich, weil es mir manchmal so vorkam, als hätten meine Mutter und ich nichts gemeinsam. Ich sah ja eher meinem Vater ähnlich, einem schmalen, nicht besonders großen Mann mit dünnem Haar, Kartoffelnase und zu großem Kinn.

Aber jetzt saßen meine Mutter und ich mit unserem Waldmeistereis im Shoppingcenter und überlegten, wie wir weiter vorgehen konnten.

»Im Internet bestelle ich sie jedenfalls nicht!«, sagte meine Mutter trotzig. »Schuhe muss man anprobieren!«

»Dieser *eine* Laden ist echt supergut.«

»Wenn wir dorthin fahren, sind wir bis morgen früh unterwegs!«

Ich zuckte mit den Schultern. Sie benahm sich wie ein kleines Kind!

Aber auch ich verstand nicht, warum es nirgends ein vernünftiges Sportgeschäft mit vernünftiger Fußballschuhauswahl gab. Wahrscheinlich kauften alle im Internet – oder eben in diesem *einen* Laden.

Ich betrachtete die Geschäfte, es waren die üblichen Ketten. Leute schlurften an uns vorbei, mit Kinderwagen, mit Rollator, allein, in Gruppen, mit Kopftuch, in Hotpants, heulende Kinder, schimpfende Mamas. Da sah ich plötzlich Ron. Er war ja nicht zu übersehen mit seinen roten Haaren.

Gerade betrat er einen Laden. Es war ein Buchgeschäft. Ich sah, wie er sich nur kurz umschaute und dann zielstrebig zu einer Kasse ging.

Ich hielt meiner Mutter die Eiswaffel hin. »Passt du mal kurz darauf auf? Ich muss schnell was nachsehen!«

Ohne eine Antwort meiner Mutter abzuwarten, drückte ich ihr mein Eis in die Hand, sprang auf und betrat das Geschäft. Mit dem Rücken zu Ron blieb ich vor einem Regal voller Kochbücher stehen, wandte mich vorsichtig um und spähte zur Kasse hinüber. Jetzt war Ron dran.

Was kaufte er da? Hatte er ein Buch bestellt? Ron und Bücher, das passte doch gar nicht!

Vorsichtig schob ich mich am Regal entlang. Ich war jetzt nur noch ein paar Meter weg und beugte mich über einen Psychothriller. Mein Haar ließ ich über mein Gesicht hängen.

Ron bezahlte, indem er umständlich mehrere Münzen aus einem winzigen Geldbeutel auf den Teller zählte, ein paar fischte er sogar noch aus seiner Hosentasche. Dann steckte er das Buch in seinen Rucksack. Ich versuchte, den Titel lesen zu können, aber ich konnte nur den Anfang eines Wortes sehen und der lautete »Hi«.

Jetzt verließ Ron den Laden und verschwand zwischen den Leuten.

Hilfe, Hitze, Hitler, HiFi, Hinterhalt, Hirse, Histamin, Himmel, Hirte, Higgs-Bosom, Hilton, Hitzelsperger, dachte ich.

Meine Mutter hielt mir mein Eis hin. Ich aß es fertig, während ich immer noch überlegte, warum Ron ein Buch gekauft hatte.

»Komm, dann besorgen wir eben den Schuh von dieser Wendie Renard in diesem *einen* Geschäft«, sagte meine Mutter.

Ich wunderte mich.

»Ich hab sie im Internet gefunden.«

»Wen? Die Schuhe?«

»Nein, diese Wendie Renard. Sie ist ja eigentlich ganz beeindruckend.«

Das aus dem Mund meiner Mutter bedeutete höchste Wertschätzung gegenüber einer Fußballerin.

Zwei Stunden später war ich Besitzerin leuchtend orangefarbener Sockenschuhe von *adidas* für 99,99 Euro. Wir hatten 20

Prozent Rabatt bekommen, weil ich bei Blau-Weiß spielte. Und Wendie Renard hatte mir dabei geholfen.

Später lag ich auf dem Bett und bastelte im Kopf möglichst viele Buchtitel, in denen die Buchstaben »Hi« vorkamen.

Hilfe, ich habe rote Haare!
Schüsse aus dem Hinterhalt *– 1000 legale Fußballtricks*
Paris Hilton *packt aus*
Was ist ein Higgs-Bosom? *– Teilchenphysik für Anfänger*
Der Himmel *über dem Fußballplatz*
Thomas Hitzelsberger: *Mein Coming-out*

Ich gab mir wirklich viel Mühe mit diesen Buchtiteln. Welche Art von Buch hatte Ron gekauft? Ein Fußballbuch? Oder vielleicht ein Buch für seine Mutter? Aber dann hätte er nicht mit Kleingeld bezahlt. Sicher hätte ihm seine Mutter einen Geldschein mitgegeben. Von Higgs-Bosomen – das Wort kannte ich nur dank Betty – wusste Ron sicher nichts und ein Buch über ein Coming-out würde er im Leben nicht kaufen. Ich grübelte und grübelte, ohne irgendwie weiterzukommen. Schließlich gab ich es auf.

Um nicht mehr an Ron denken zu müssen, mich aber nicht zu weit von ihm zu entfernen, dachte ich an andere Rons wie zum Beispiel Ron Weasley oder Ronald Reagan. Ich googelte Cristiano Ronaldos fußballspielende Namensvettern wie Ronaldão, Ronaldo Fenômeno mit den hässlichen Vorderzähnen und Ronaldinho mit den fast genauso hässlichen Vorderzähnen. Auch der ehemalige Bremer, Wolfsburger und Schalker Innenverteidiger Naldo mit eigentlich ganz schönen Vorderzähnen gehörte dazu. Ja, es gab viele Ronaldos und es würde noch viele geben, aber Cristiano Ronaldo war der größte, schönste und beste von allen.

Trotzdem ging mir der echte Ron, der übrigens einen schiefen Eckzahn hatte, nicht aus dem Kopf.

Plötzlich platzte Katrina ins Zimmer.

»Oh, Jolilein«, jammerte sie. »Jolilein« nannte sie mich immer, wenn sie etwas von mir wollte.

»Kannst du nicht klopfen?«, fragte ich.

»Tschuldigung, aber ich bin voll im Stress. Wir haben heute doch das erste Mal Probe mit Kostümen und ich muss früher los.«

Katrina hatte normalerweise an diesem Tag überhaupt kein Ballett, aber die geplante Sommeraufführung warf wohl alles durcheinander.

»Darf ich deine große Sporttasche ausleihen? Die mit den Rollen unten. Mein Rucksack ist zu klein für die ganzen Sachen, die ich heute brauche.«

»Was brauchst du denn, zehn Kilo Schminksachen?«

»Sei doch nicht so fies, ich leih dir doch auch manchmal was.«

»Was denn?«

»Na ja ... äh ... ich hab dir doch schon mal ein Bustier geliehen ...«

»Ja, und als ich es zurückgegeben habe, hast du gesagt, es würde stinken. Trotz Waschen.«

»Hab ich nicht. Und außerdem ist es fast ein Jahr her. Ich hab dir außerdem dreimal meinen Locher geliehen und viermal meinen Zirkel.«

»Hm, hm«, machte ich gnädig. Die Tasche war mir eigentlich egal. »Wie lange brauchst du sie denn?«

»Oh, Jolilein, du bist ein Schatz! Weißt du, das ist echt wichtig, und stell dir vor, der Neue, der macht auch mit, obwohl er noch gar nicht richtig dabei ist. Da sind jetzt manche natürlich neidisch, aber Jungs sind bei uns eh immer Mangelware und er ist wirklich so, so gut ...« Katrina blickte verträumt zur Decke. Ich stand auf und holte die Tasche aus dem Schrank.

»Hier. Wünsch dir doch auch mal eine zum Geburtstag.«

»Ja, ja, klar.« Sie schulterte die Tasche und wandte sich zum Gehen.

In der Tür winkte sie mir noch mal zu und sagte: »Wir werden heute in den Kostümen ganz schön schwitzen. Ist ja soooo heiß.«

TOR : SCHUSS

Für heute war ein Testspiel gegen den BSB angesetzt. Da ich mitten in der Saison den Verein gewechselt hatte, war ich erst mal lang für den Ligabetrieb gesperrt. An Test- oder Freundschaftsspielen durfte ich jedoch teilnehmen.

Der BSB war kein einfacher Gegner.

Ich ging wie üblich in die Schiedsrichterkabine und begann mich umzuziehen. Während ich mir die leuchtend roten Schnürsenkel meines neuen knallweißen Supertopmodells band, warf ich einen Blick zu der Fußbodenleiste. Jemand hatte neben mein durchgestrichenes FLY HIGH! mit Kugelschreiber *Schade!* geschrieben.

Bei der Mannschaftsbesprechung fiel mir schon auf, dass Ron und Niclas fehlten.

»Du bist in der Startelf und spielst heute als 6er, Jo«, sagte Jurek zu mir. Ich stutzte. Da spielte Niclas' öfter.

Die anderen murmelten vor sich hin und wunderten sich ebenfalls über die Aufstellung, die Jurek präsentierte.

»Wo ist eigentlich Ron?«, fragte Otto plötzlich.

Jurek schaute sich um. »Stimmt, Ron fehlt.«

»Hat er nicht abgesagt?«, fragte Otto. Er hatte eine neue Frisur und jetzt einen ähnlichen Schnitt wie Niclas. Schade eigentlich. Die längeren Haare hatten ihm gut gestanden.

Jurek schaute auf sein Handy. »Nein, hat er nicht ... komisch. Na ja ... wenn er nicht kommt ... dann spielst du, Ahmed, mit Jo vorn.«

Ich schluckte. Mit Ahmed zu spielen war okay; man konnte uns fast als gutes Team bezeichnen. Aber was, wenn Ron doch noch kam?

Aus irgendeinem Grund hatte ich kein gutes Gefühl für das Spiel. Die Stimmung war schlecht und Sigi im Tor war ein Unsicherheitsfaktor.

Große, schwere Quellwolken hingen am Himmel und es wehte ein ziemlicher Wind. Mein Vater stand am Spielfeldrand, erst sprach er kurz mit Mishas Vater, dann stellte er sich etwas abseits der anderen Eltern.

Wir liefen auf, der Schiedsrichter pfiff an, und ich konnte einem etwas verschlafen wirkenden Gegner gleich den Ball abnehmen, drehte mich um und spielte an Ahmed, der sich frei dribbelte, aufs Tor schoss – und traf.

Das war unglaublich, ein Treffer in der ersten Spielminute, eingeleitet von mir! Und das, obwohl wir gegen den Wind spielten. Ich sah meinen Vater jubeln. Hinter ihm war plötzlich Betty aufgetaucht, die aufgeregt herumhüpfte und mir zuwinkte. Warum war sie da? Wir hatten uns gar nicht verabredet; ich hatte ihr gegenüber nur erwähnt, wir hätten heute ein Testspiel, und sie hatte nach der Uhrzeit gefragt.

Die gegnerische Mannschaft war zwar durch das Tor aufgewacht, trotzdem war es für mich noch mehrere Male kinderleicht, die Abwehr auszutricksen und Ahmed, der immer frei stehen zu schien, einen Ball zuzuspielen. Leider traf er erst gegen Ende der ersten Halbzeit ein zweites Mal. Mama Ahmed jubilierte am Spielfeldrand und schwang die Arme auf und ab. Sie sah dabei aus wie ein Pinguin.

Es war fantastisch. Der Ball klebte an meinem Fuß und es wollte mir einfach alles gelingen. Das erste Mal seit Wochen machte es mir wieder Spaß, Fußball zu spielen. Das erste Mal seit Wochen fühlte ich, dass ich der Mannschaft nutzen konnte, dass ich ein Gewinn war, nicht nur ein lästiges Anhängsel, das aus purer Gnade in die Mannschaft aufgenommen worden war.

In der Pause sagte Jurek zu mir: »Toll gespielt, Jo, aber warum schießt du eigentlich nicht mal selbst?«

»Aufs Tor?«

»Ja, aufs Tor! Das ist zwar groß, aber es beißt nicht!« Jurek lachte.

Auch die anderen lachten, doch es war kein böses Lachen.

Ich nickte. Jurek hatte recht. Ich hatte ein bisschen Angst vor dem Tor. Allerdings nicht wegen seiner Größe. Im Gegenteil, es war ja eher gut, dass es so groß war. Es war so groß, dass ein Außerirdischer, der das erste Mal ein Fußballfeld sah, denken musste, es wäre wohl kinderleicht, einen so kleinen Ball in ein so riesiges Tor zu schießen, vor allem, wenn es dazu zehn Spieler gab, die alle dieses Ziel verfolgten.

Nein, ich fürchtete mich weniger vor dem Tor als vor dem Schuss. Dass der Schuss missglücken könnte. Denn in Wahrheit war das Tor sehr klein und es wurde gut bewacht. Das würde auch ein Außerirdischer schnell begreifen.

Ein Tor zu schießen, war also sehr schwer. Und so fürchtete ich, dass mich bei einem missglückten Torschuss alle für größenwahnsinnig hielten: Ein Mädchen wagte es, auf ein von Jungen bewachtes Tor zu schießen!

Die Angst, mich zu blamieren, war auch ein Grund, warum ich mich immer mehr auf die Verteidigung zurückgezogen hatte. Da hatte man schon Erfolg, wenn man etwas verhinderte, und die Chance, Fehler zu machen, war geringer. Böse gesagt: Ich war auch aus Feigheit bei den Jungs Verteidigerin.

Nach der Pause gingen wir in derselben Aufstellung auf den Platz. Der BSB hatte seine Taktik geändert und verteidigte besser. Die Spieler griffen auch besser an und rasch stand es 2:2.

Ich kämpfte verbissen um jeden Ball, und auf einmal, beim dritten Versuch – es war etwa fünf Minuten vor Schluss – stand ich plötzlich frei vor dem Tor. Ich zögerte, vielleicht eine Millisekunde zu lang, und holte zum Schuss aus. Da trat mir der Innenverteidiger vom BSB ans Schienbein und ich stürzte.

Mein Schienbein – er hatte knapp unter dem Schienbeinschoner getroffen – brannte wie Feuer. Während ich am Boden lag, hörte ich: »Elfmeter! Elfmeter!«

Der Schiedsrichter kam und fragte nach meinem Zustand.

»Mein Schienbein!«, sagte ich nur und mir wurde schwarz vor Augen. Die Stimmen der anderen gingen unter in einem Rauschen und dumpfen Dröhnen. Jemand schlug mir an die Wange.

»Hallo!« Ich guckte in das Gesicht des Schiedsrichters.

»Mein Schienbein!«

Da war Jurek. Er hatte einen silbernen Koffer dabei und machte sich an meinem Bein zu schaffen. Und wenn es nun gebrochen war? Das durfte nicht sein, nein, das durfte nicht sein. Der Schiedsrichter entfernte sich.

Jemand wollte mich hochheben, ich wehrte mich. »Nein, das geht schon!«

»Jo!«, hörte ich die Stimme meines Vaters.

Ich setzte mich auf. »Es geht schon.« Er griff nach meiner Hand, ich rappelte mich auf. Immerhin konnte ich auftreten. Das Bein war also nicht gebrochen. Der Schmerz ließ auch schon ein wenig nach und ich konnte vom Platz humpeln.

Den Elfmeter führte Ahmed aus. Er traf und alle jubelten. Er hatte vor allem für mich getroffen.

Nach dem Spiel rollte mein Vater vorsichtig meinen Stutzen herunter und entfernte den Schienbeinschoner. Knapp unter der Mitte des Schienbeins wölbte sich ein dickes, blaurotes Ei hervor. Die Haut darüber wirkte so dünn, als bräuchte man nur mit der Nadel hineinzupiksen und das Blut würde einem entgegenspritzen.

Aus dem silbernen Koffer hatte Jurek meinem Vater einen Eisbeutel gereicht, der ihn jetzt vorsichtig auf mein Ei am Schienbein drückte.

Dann pfiff der Schiedsrichter das Spiel ab. Wir hatten gewonnen.

Hinterher gratulierte mir Jurek zu meinem tollen Spiel, die Jungs murmelten irgendwas und schlugen bei mir ein und betrachteten verstohlen meine Verletzung.

Ich saß auf dem Boden und hielt mir immer noch den Eisbeutel aufs Bein. So langsam gingen alle in die Kabine, nur Otto trödelte. Ich sah, wie Betty sich ihm von hinten näherte.

»Es wäre ja an sich eine tolle Chance gewesen«, sagte mein Vater, während er sich aufrichtete und den Jungs nachschaute. »Aber du hast eine Millisekunde zu lang gewartet.«

Ich legte den Eisbeutel beiseite. Warum sagte er das? Das wusste ich ja selber.

Ohne zu antworten, stand ich auf. Ich verstand einfach nicht, warum er an mir herummeckerte. Womöglich hätte ich danebengeschossen. Womöglich wäre ich über den Ball gestolpert. Womöglich hätte ein anderer Verteidiger mir den Ball mit fairen Mitteln abgejagt. Es hatte keinen Sinn, darüber nachzudenken.

Aber ich tat es doch und mein Vater tat es auch und das machte mich wütend.

In der Kabine setzte ich mich hin und streckte meine Beine aus. Da hörte ich jemanden in der Nachbarkabine pfeifen, kein richtiges Lied, nur irgendwelche Töne. War da drüben der Schiedsrichter? Ich lauschte eine Weile und wunderte mich, dass das Pfeifen durch die Mauern so gut zu hören war. Also stand ich auf und ging zum Bad, woher das Geräusch eindeutig gekommen war. Erst jetzt fiel mir auf, dass das Bad zwei Zugänge hatte: einen von meiner Kabine, den anderen von der Nachbarschiedsrichterkabine. Ich vernahm das Pfeifen jetzt deutlicher, auch das Rücken eines Stuhls und das Rascheln einer Tasche waren zu hören.

Hastig zog ich mich in meine Kabine zurück und schloss die Tür zum Bad. Zwei Schiedsrichter teilten sich also eine Dusche und eine Toilette. Hoffentlich kam er nicht ins Bad!

Ich zog mich jetzt rasch um, packte meine Sachen und verließ die Kabine.

Unten wartete mein Vater.

»Hast du gar nicht geduscht?«, fragte er mich.

»Nein, keine Lust«, sagte ich. Meinen Ärger über ihn hatte ich nur halb vergessen. Außerdem schmerzte mein Schienbein.

TANZEN : SPUCKEN

Im Matheunterricht saß Betty über ein Blatt Papier gebeugt und malte Herzchen darauf, in jedes Kästchen eins. Das tat sie schon die ganze Zeit. Ich versuchte, aufzupassen, hatte jedoch wenig Erfolg. Ich musste an die Millisekunde vor dem Tor gestern denken, immer und immer wieder. Warum hatte ich gezögert? Das war doch das Problem! Und das war der Grund, warum ich vielleicht nie richtig gut werden würde: Ich zögerte im falschen Moment. Ich versuchte, diese Gedanken wegzudrängen.

»Otto hat die Haare jetzt kurz«, sagte ich also, nachdem Betty ihr Kunstwerk vollendet hatte.

Sie schaute verwirrt auf. Wahrscheinlich hatte sie nicht damit gerechnet, dass ich jetzt in Mathe Otto erwähnte. Doch sie hatte sich schnell wieder im Griff. »Otto? Ach ja, der ist süß, oder?«

»Ich fand's vorher besser.«

»Sieht man jetzt seine Ohren?«

Ich fragte mich, was an Ottos Ohren so wichtig war. Aber Betty wollte nicht über Otto reden.

»Gestern, da warst du toll. Du stehst ganz anders auf dem Platz, wenn dieser Niclas nicht da ist«, stellte sie fest.

Ich staunte über Bettys einfühlsame Analyse der Situation auf dem Platz.

»Otto geht's genauso«, fuhr sie fort. »Er ist froh, wenn Niclas nicht da ist.«

Ich schwieg. Ohne Niclas war ich besser, aber geschossen hatte ich trotzdem nicht. Es lag nicht an Niclas.

Am Nachmittag – ich hatte wegen meiner Beule am Schienbein zwei Tage trainingsfrei – kaufte ich mir im *Penny* ein Eis und setzte mich auf den Rand des hässlichen Betonbrunnens. Lieber hätte ich mit Betty dort gesessen, aber Betty hatte keine Zeit. Ich schaute an dem Wohnhaus hoch und überlegte, welche Fenster im vierten Stock wohl zu Rons Wohnung gehörten.

Plötzlich – ich hatte gerade mein Eis aufgegessen und wollte wieder nach Hause gehen – öffnete sich die Tür und ein Buggy wurde herausgeschoben. Darin saß ein kleines, rothaariges Mädchen. Ihm folgte Ron. Ich sprang auf!

Geübt hob er den Buggy über die zwei Stufen vor der Haustür, dann wandte er sich um und ließ den Platz mit mir und dem Brunnen rechts liegen, überquerte weiter hinten die stark befahrene Straße bei einer Verkehrsinsel und schob den Buggy Richtung Park. Ich folgte den beiden mit einigem Abstand. Zum Glück war Ron ziemlich mit seiner kleinen Schwester beschäftigt, sodass er sich nicht darum kümmerte, was hinter ihm geschah.

Tatsächlich bog er nach etwa hundert Metern in den Park ab. Sicher geht er mit ihr auf den Spielplatz, dachte ich.

Auf dem Spielplatz angekommen, stieg die kleine Schwester aus dem Buggy und Ron setzte sich auf eine Bank im Schatten.

»Stopp, komm mal her!«, rief er seiner Schwester zu, die schon fortlaufen wollte. »Du brauchst einen Sonnenhut. Mama hat gesagt, du musst ihn aufsetzen.«

»Ich will aber keinen.«

Ron wedelte mit einem rosa Hütchen. »Du brauchst ihn, sagt Mama.«

»Du hast doch auch keinen.«

»Jetzt schon.« Ron setzte sich das Hütchen auf.

»Hey, nicht, das ist meiner! Gib ihn her!«

Ron gab seiner Schwester den Hut. Sie setzte ihn auf und ging zur Schaukel. Er selbst holte das Handy aus seinem Rucksack und tippte darauf herum.

»Ron, kannst du mich anschubsen?«

»Nein, das kannst du selber.«

Ron stellte einen Lautsprecher auf die Bank.

»Aber die Schaukel ist so heiß.«

Ron kratzte sich am Kopf und stand auf. Er ging zu seiner Schwester und betastete die Sitzfläche der Schaukel.

»Ja, die ist echt voll heiß. Komm, Lynn, wir legen was unter.«

Lynn hieß sie also. Ich hatte es mir hinter einem Busch bequem gemacht. Hinter diesem Busch war es wesentlich bequemer als hinter dem Busch beim Flughafen. Hier lagen keine Scherben, nur ein kleiner Hundehaufen, aber der war zum Glück schon eingetrocknet.

Ron hatte inzwischen Lynns Jacke auf die heiße Sitzfläche der Schaukel gelegt, aber Lynn war immer noch nicht zufrieden. Sie hatte keine Lust, allein zu schaukeln.

»Ron, mir ist heiß!«, jammerte Lynn.

»Dann komm in den Schatten.«

Lynn lief auf Ron zu und blieb im Schatten vor der Bank stehen.

»Hier ist es langweilig.«

»Los, wir machen Musik«, sagte Ron, tippte auf seinem Handy herum und stellte eine Box auf die Bank.

»Jaaa! Und dann machen wir Breakdance!«, schrie Lynn und machte ein paar Tanzbewegungen. Obwohl sie erst drei oder vier Jahre alt war und die Bewegungen sehr kindlich und ein bisschen tapsig waren, wirkten sie so, als hätte sie das geübt – oder extrem viel Talent. »Jaaa! Breakdance! Mach du auch!«

»Nein, ich schau dir nur zu.«

»Och bitte. Diesen einen Moooooove!«

»Nee, hier nicht.«

»Aber es ist doch niemand da.«

»Es ist so heiß.« Ron sah sich um. Sein Blick blieb an dem Busch hängen, hinter dem ich saß. Aber vielleicht bildete ich mir das auch nur ein.

»Okay, dann zeig mir, wie weit du spucken kannst.«

»Na gut.«

Ron stand auf, räusperte sich und spuckte in den Sand fast bis zur Schaukel.

»Oh, Ron, du kannst das so toll.«

»Muss man halt üben ... Wie alles.«

»Noch mal!«, rief Lynn.

Diesmal machte er vor dem Spucken eine eigenartige Schlangenbewegung.

»Jetzt hast du den Moooooove ja doch gemacht.«

»So spuckt sich's besser.«

Auch Lynn machte die Schlangenbewegung und versuchte

danach zu spucken. Es gelang ihr nicht besonders gut. Die Spucke lief über ihr Kinn und dann auf ihr Kleid.

»Iiiih!«

»Na ja, ist halt nicht so einfach.«

Ron erklärte Lynn noch eine ganze Weile die Grundlagen des Weitspuckens, ich saß hinterm Busch und hörte zu. Plötzlich ging die Musik aus.

»Mist!«, sagte Ron und rüttelte an der Box. »Der Akku taugt wirklich nichts. Komm, wir gehen.«

Ron trank einen Schluck Limo und reichte auch Lynn die Flasche.

»Warm«, sagte sie. »Aber lecker.«

»Willst du in den Buggy?«, fragte Ron.

»Ja«, sagte Lynn und stieg ein. Ron schob den Buggy nach rechts.

Das war nicht die Richtung, aus der er gekommen war. Er kam auf den Busch zu, der mir als Tarnung diente. Gleich würde er mich sehen, wenn ich nicht sofort verschwand. Aber hinter mir war nur Wiese, erst in 50 Metern stand eine Litfaßsäule, die mir als Deckung dienen konnte. Ich musste das Risiko eingehen. Also sprang ich auf und rannte hastig bis zu der Säule. Dort blieb ich stehen und äugte vorsichtig dahinter hervor. Ron hatte mich offenbar nicht gesehen; er war mit Lynn beschäftigt. Doch was tat er? Jetzt wechselte er wieder die Richtung und kam genau auf die Litfaßsäule zu.

Es half nur noch die Offensive. Als Ron etwa fünf Meter von mir entfernt war, trat ich hinter der Litfaßsäule hervor und rief erstaunt: »Ach Ron, so ein Zufall.«

»Äh … hi!« Ron blieb stehen. Er wirkte ehrlich überrascht. »Suchst du was?«, fragte er, weil ich so tat, als suche ich am Boden etwas.

»Ja, mir ist ein Zwei-Euro-Stück runtergefallen.« Ich zeigte auf die verdorrte Wiese rund um die Litfaßsäule.

»Ich bin eine Geldfinderin«, sagte Lynn und kletterte aus dem Buggy.

»Nee, du bleibst mal schön da drin. Wir müssen nämlich weiter.«

»Wohin müssen wir denn?«, fragte Lynn.

»Ach, kein Problem, das find ich schon«, sagte ich.

»Wohnst du auch hier?«, fragte Ron unvermittelt.

»Ja, da hinten.« Ich zeigte in Richtung von Rons Haus. Gleich drei Häuser weiter von dir, hätte ich beinahe gesagt.

»So was! Ich dachte, du wohnst irgendwo direkt an der S-Bahn.«

»Mein Vater wohnt da. Meine Mutter wohnt hier.«

»Ach so.«

»Ron, wer ist das?«, fragte Lynn.

»Sei nicht so neugierig.«

»Ich will's aber wissen.«

»Das ist Jo. Die spielt Fußball in meiner Mannschaft.«

»Oh, cool! Kannst du auch jonglieren?«

»Ja.«

»Mach mal.«

»Lynn!«, sagte Ron.

»Wir haben doch den Ball.«

Im Netz am Buggy hing ein roter Ball mit weißen Tupfen.

»Mach!«, befahl mir Lynn.

»Ich ...äh ...«

»Gib ihr den Ball, Ron.«

»Lynn!«

»Ich will das aber sehen.«

Warum Ron nachgab, war mir nicht ganz klar. Vielleicht hoffte er, ich würde mich blamieren. Jedenfalls holte er den Ball aus dem Netz und warf ihn mir zu. Ich fing ihn mit dem Fuß und jonglierte ein paarmal. Mit kleineren Bällen ist das viel schwieriger. Aber meine Leistung reichte aus.

»Cool«, sagte Lynn mit Kennermiene. »Ich glaub, du wirst mal Weltmeister. So wie Ron.«

Ron gab Lynn einen Schubs. »Klappe, Mann. Wir müssen weiter.«

»Hm ja, ich auch.«

»Ich dachte, du suchst das Zwei-Euro-Stück?«

»Ja klar, aber danach.«

»Gut, also ... tschüss. Bis morgen«, sagte Ron.

»Nee, morgen komm ich nicht.«

»Hä? Warum?«

Ich zeigte auf meine Beule am Schienbein.

»Ach so, stimmt. Hab davon gehört.«

»Warum warst du denn gestern nicht da?«, fragte ich, ein wenig mutiger geworden. Vielleicht antwortete er ja darauf. »War ein gutes Spiel.«

»Äh, konnte nicht. Aber jetzt muss ich echt ...«

Ron schob den Buggy so kräftig an, dass Lynn fast herausgefallen wäre, und stapfte davon, so schnell es ging.

Ich sah den beiden nach. Lynn hielt mich für eine zukünftige Weltmeisterin; damit gehörte sie in mein Team.

»Haha, Ron mit rosa Hut hätte ich gern gesehen«, sagte Betty, als ich ihr am nächsten Tag in der Pause von meiner Begegnung mit Ron in allen Einzelheiten berichtete. »Aber hör mal«, fuhr sie fort. »Das ist doch interessant, dass er von deinem blauen Schienbein wusste. Ich meine, jemand muss ihm davon erzählt haben.«

»Ja, und?«

»Jemand spricht also über dich.«

»Kann ich mir nicht vorstellen.«

Betty überlegte. »Vielleicht hat es jemand in eurem Chat geschrieben. Hm, aber dann müsstest du ja wissen, wer.«

»Ich bin nicht im Chat!«

»Du bist nicht im Chat? Warum denn nicht?«

»Haha, bei den Jungs?«

»Ist das verboten?«

»Nicht verboten, aber ...«

»Versteh ich nicht? Im Klassenchat sind doch auch alle.«

»Das ist etwas anderes.«

Betty schüttelte verständnislos den Kopf.

»Ich hab dir das doch schon mal erklärt«, sagte ich. »Beim Fußball ist das anders. Da spricht man nicht mit Mädchen.«

»Aber *jemand* spricht *über* dich.«

Ich schwieg. Tatsächlich, jemand hatte über mich gesprochen. Jurek war es nicht, der war ja auch nicht im Chat. Aber wer dann? Otto vielleicht?

Fabienne kam mit ihrer neuen Freundin, die ich nicht kannte, an uns vorbei und winkte. Die beiden gingen im Partnerlook, dieselben Hotpants, dieselben Tops, dieselbe Frisur, sogar denselben Lidschatten. Fabiennes Absätze waren fünf Zentimeter hoch.

»Das Gehen hat sie geübt«, sagte Betty ein wenig neidisch.

»Hohe Absätze schwächen die Muskeln im Fußgewölbe«, sagte ich und stellte mir mich selbst mit diesen Sandalen vor, die Fabienne trug.

»Und wie war die Musik?« Betty wechselte abrupt das Thema. »Die Ron hörte, meine ich.«

»Hm, das war halt Musik. Hip-Hop oder so.«

»Ja, schon klar, was sollte er anderes hören? Doch wohl keine Klassik. War sie gut?«

»Keine Ahnung.«

»Deutsch?«

»Nein. Ich glaub, englisch. Hab nicht genau zugehört.«

»Also doch ein Detail, das dir entgangen ist.«

»Ich bin ja nicht musikalisch.«

»Und dann haben sie getanzt?«

»Eigentlich nur die kleine Schwester. Er hat nur diesen einen ›Moooooove‹ gemacht.«

»Und was war das?«

»Keine Ahnung, Breakdance oder Hip-Hop eben. Aber ziemlich gut.«

»Ron scheint ein Bewegungsgenie zu sein. Was hast du gesagt? Er kann unendlich lang den Ball hochhalten? Und im Liegen jonglieren?«

»Ja, und er kann viermal hintereinander Einmal-um-die-Welt und viele andere Tricks.«

»Er müsste ein Superfußballer sein.«

»Ist er aber nicht. Jedenfalls nicht *so* gut. Diese Tricks sind halt Freestyle und Freestyle hat mit Fußball nicht so viel zu tun, sagt mein Vater.«

»Aha, aha, sagt dein Vater.«

»Ja, sagt er. Er kennt sich aus.«

»Ich dachte, er hat nie Fußball gespielt.«

»Er kennt sich trotzdem aus.«

Betty schwieg. Ich wusste, was sie sagen wollte: Dass jemand, der nie Fußball gespielt habe, sich nicht auskennen könne und dass ich nicht alles glauben solle, was mein Vater erzählt, aber sie sagte es zum Glück nicht.

»Und wieso hast du dich vor sein Haus gesetzt und gewartet, bis er herauskommt?«, fragte Betty stattdessen. Man konnte dem Gang ihrer Gedanken manchmal kaum folgen. Bald würde sie wieder mit den Piranhas daherkommen.

»Hab ich ja gar nicht. Ich hab Eis gegessen. Sonst nichts.«

»Was interessiert dich an ihm?«

»Nichts. Er ist nur so ... rätselhaft. Ich verstehe ihn nicht.«

»Verstehst du denn die anderen aus der Mannschaft?«

»Ja. Niclas ist eitel und ein Arsch und möchte der Beste sein. Ahmed ist zwar nicht ganz so eitel und nicht ganz so ein Arsch, aber auch er möchte der Beste sein. Otto ist halt so ein typischer Torwart, Sigi ist ein dauerbeleidigter Zweittorwart und Kuno spielt Fußball, weil er das eben schon immer tut ... genau wie die anderen. Aber Ron ist anders.«

»Vielleicht würdet ihr zusammenpassen. Du bist schließlich auch anders. Anders als andere Mädchen, meine ich.«

»Wir würden nie im Leben zusammenpassen. Und jetzt hör auf damit. Ich habe keine Zeit für so was.«

In der Mathestunde dachte ich darüber nach, was Betty gesagt hatte. Betty schrieb fleißig mit. Ich war froh, dass sie aufpasste, so konnte sie mir alles nachher erklären.

Auch über Rons »Moooooove« dachte ich nach und über die Musik, die er hörte. Mit Hip-Hop kannte ich mich nicht aus, auch mit Breakdance nicht. Ich wusste nicht einmal den Unterschied. Aber so, wie sich Ron bewegt hatte, musste er das geübt haben – wie das Spucken. Und plötzlich kam mir ein Gedanke. Hip-Hop, das fing ja mit »Hi« an. Hatte sich Ron vielleicht ein Buch über Hip-Hop gekauft?

EGO : TEAM

Ein paar Tage vergingen. Meine Beule am Bein war fast weg und ich konnte wieder trainieren.

»Es bleibt dabei. Du musst Torschüsse üben«, sagte mein Vater.

Ich war immer noch ein wenig sauer, weil er mich nach meinem tollen Spiel kritisiert hatte.

Katrina lümmelte in der Hollywoodschaukel, mein Vater stand mit einem Blasebalg überm Grill. Er hatte Zucchini gekauft und längs aufgeschnitten. Sie lagen neben mehreren Schweinerippchen auf einem Teller.

»Du könntest das jetzt mal üben«, sagte mein Vater.

»Ich bin doch bei den Jungs eher Verteidigerin.«

»Aufs Tor zu schießen, ist keine Frage der Position, sondern eine des Selbstvertrauens. Jeder kann ein Tor schießen. Als Fußballer braucht man ein starkes Ego.«

Katrina kam zum Grill und beäugte den Teller.

»Oh, Zucchini!«

»Was ist?«, fragte mein Vater, der Katrinas Blick bemerkte.

»Ich mag keine Zucchini.«

Mein Vater machte ein enttäuschtes Gesicht. »Aber ...«

»Paprika sind besser«, sagte Katrina.

»Dann ess die Zucchini ich«, sagte ich. Irgendwie tat mir mein Vater jetzt leid. Er hatte extra Gemüse gekauft.

»Ach, du magst auch kein Fleisch?«

»Doch, doch«, beeilte ich mich zu sagen.

»Ja«, sagte mein Vater. »Wer Fußball spielt, braucht Proteine.«

»Kriegt man davon mehr Ego?«, fragte ich.

Jetzt lachte mein Vater, und ich lachte auch, denn ich war erleichtert, nicht mehr sauer sein zu müssen. Mein Vater gab sich doch solche Mühe! Aber Katrinas Gemecker schien ihn nicht weiter zu stören.

Er freute sich über meinen Appetit und bot mir extrascharfe Chilisauce an, während ich über mein Ego nachdachte.

Katrina schaukelte beim Essen hin und her. Den Teller hielt

sie auf den Knien. Anscheinend schmeckten ihr die gegrillten Zucchini jetzt doch. Ich wischte mit einem Stück Weißbrot die letzten Chilisauce-Fleischsaft-Reste auf, als mein Blick auf den Rasen meines Vaters fiel. Erst jetzt bemerkte ich das neue Tor. Das mattglänzende Alu reflektierte die letzten Sonnenstrahlen. Es war riesig.

»Ist das ein neues Tor?«

»Ja, ein echtes Kleinfeldtor.«

Bis jetzt hatten wir immer ein kleineres Tor gehabt, das meiner Meinung nach völlig ausreichend für unseren Fußballplatz war.

»Ich glaube, das ist eine Superinvestition, wir probieren es nach dem Essen gleich aus!«

Ich war eigentlich müde. Katrina stellte ihren Teller auf den Tisch und sagte: »Ich geh duschen.«

Sie hatte Probe für die große Sommeraufführung gehabt und war direkt danach zu unserem Vater gefahren. Es war wirklich ungerecht: Ihr kaufte unser Vater nur selten etwas; und auf die Idee, für sie eine Bühne oder wenigstens eine Ballettstange aufzubauen, war er noch nie gekommen.

»Los, Jo!«, sagte mein Vater. Das Geschirr ließen wir stehen. Ich zog meine Flipflops aus und wollte barfuß zum Platz gehen.

»Nein, nein, mit Schuhen. Wir wollen doch gleich richtig loslegen.«

Da fiel mir auf, dass mein Vater längst Fußballschuhe trug. Ich wagte nicht zu sagen, dass ich gar keine Lust hatte, nach anderthalb Stunden Training noch einmal Fußball zu spielen, vor allem nicht mit Schuhen. Etwas träge holte ich die Schuhe aus der Tasche.

»Was ist? Hast du keine Lust?«

»Doch, klar«, sagte ich munter. Ich musste da jetzt mitmachen. Und irgendwie – vielleicht weil ich es liebte, die Fußballschuhe zu schnüren, und weil mein Vater mir den Ball zuspielte – vergaß ich meine Müdigkeit.

Nachdem ich mit dem Ball zum Rasen gedribbelt war, einmal um jeden Obstbaum herum, erklärte mir mein Vater die Qualitäten des Tores. Es war wirklich ein schönes Tor, keins vom Discounter.

»Ich spiel dir zu und du schießt!«

»Aufs Tor?«

»Ja, wohin denn sonst?«

Und schon passte mein Vater und ich schoss den Ball ins Tor.

Es war keine große Kunst gewesen zu treffen, wir waren ja nur fünf Meter vom Tor entfernt und mein Vater hatte mir den Ball direkt vor die Füße gespielt. Es gab keinen Gegner und keinen Torwart. Der Ball war ins Netz geflogen und war dann am Netz entlang zu Boden geglitten; ich mochte es, wie der Ball das Netz ausbeulte und dabei dieses ganz besondere Geräusch erzeugte. Doch mein Vater war unzufrieden.

»Jo! Willst du mein Tor beleidigen?«

»Hä, wieso?«

»Mit so einem Schüsschen? Da muss doch mehr Wucht dahinter!«

Ich biss mir auf die Lippen. Jetzt fing er schon wieder damit an.

»Das Tor muss sich vor dir fürchten, denn jetzt kommst du, Jo, mit deinem gnadenlosen Schuss!«

Wieder spielte er mir zu. Ich war wütend. Warum ließ er mich nicht in Ruhe? Vor Wut schoss ich fester, aber leider daneben.

Ich holte den Ball aus der Thujahecke, warf ihn aber nicht mehr meinem Vater zu.

»Ich kann das nicht. Ich hab nicht die Wucht.«

»Natürlich kannst du das.«

»Ich bin Verteidiger.«

»Da ist doch kein Unterschied!«

Immer noch hielt ich den Ball in der Hand. Ich hatte keine Lust mehr. Ich wollte das nicht üben, nicht mit meinem Vater und nicht auf dieses beschissene Kleinfeldtor.

»Du verstehst davon nichts, Papa«, sagte ich.

»Doch, ich versteh davon eine ganze Menge!«, behauptete er.

»Du hast nie Fußball gespielt.«

»Es ist egal. Der Fußball unterscheidet sich kaum vom Leben. Tore muss man wollen. Dann schießt man sie auch.«

»Unterstellst du mir jetzt, dass ich nicht will?«

Mein Vater antwortete nicht. Ich ließ den Ball fallen und wandte mich zum Gehen.

»Nein, das unterstelle ich dir nicht!«, rief mir mein Vater nach. »Du ... du bist nur ... irgendwie ... blockiert.«

»Ich bin nicht blockiert!«

Damit ging ich davon. Das Geschirr ließ ich am Esstisch stehen, und ich zog mir auch beim Betreten des Hauses die Schuhe nicht aus, obwohl Gras daran hing. Ich war nicht blockiert! Das hatte mir niemand zu sagen, schon gar nicht mein Vater.

Katrina hatte fertig geduscht und lag im Nachthemd mit einem Turban auf dem Kopf im Bett. Sie trug Kopfhörer und blätterte in einem Buch.

Ich überlegte, auch zu duschen, aber ich hatte ja schon nach dem Training geduscht. Also zog ich mir nur die Schuhe aus und ließ mich aufs Bett fallen.

Erst jetzt schien mich Katrina zu bemerken. Sie nahm den Kopfhörer ab.

»Und, ist das Tor gut?«

Mich wunderte ihr Interesse.

»Ja, prima.«

Eine Pause entstand, in der Katrina den Turban abwickelte und ihr Haar schüttelte.

»Warum ist Papa sauer?«, fragte sie und deutete auf das Fenster. »Ich hab euch gesehen. Du bist davongestampft und er hat dir wütend nachgeschaut.«

»Ich bin auch sauer.«

»Weißt du«, sagte Katrina nach einer Weile. »Ich bin ganz froh, dass er wegen mir nicht so viel Geld ausgibt. Da ist man weniger unter Druck.«

Obwohl Katrina recht hatte, ärgerte mich ihre Bemerkung und ich verstand sie absichtlich falsch. »Was soll das heißen?«, fragte ich. »Bist du neidisch, dass er für mich mehr ausgibt als für dich?«

»Nein, so war das nicht gem...«

»Dafür zahlt Mama *dir* alles. Da bin ich auch nicht neidisch.«

»Ich bin doch gar nicht neidisch!«

»Doch, du sagst ...«

»Ich sag gar nichts. Aber du hast dauernd schlechte Laune. Kein normales Wort kann man mehr mit dir reden, seit ...«

»Sei einfach still!«, fuhr ich sie an.

»Sei du doch still! Außerdem hast du lauter Gras reingetragen. Mach das weg!«

»Ich mach gar nichts!«

Ich streckte mich auf dem Bett aus. Was interessierte mich die Grasspur, die ich hinterlassen hatte, was Katrinas dumme Eifersucht!

Katrina stand auf und nahm ihr Bettzeug. »Also bei dir hier schlafe ich heut nicht.«

Damit verließ sie das Zimmer.

Ich hatte keine Ahnung, wo sie sonst schlafen wollte. Im Bett von Papa? Oder auf der Terrasse?

Wo genau Katrina geschlafen hatte, erfuhr ich nicht, denn ich sah sie erst beim Frühstück. Ich war als Letzte gekommen, mein Vater und sie saßen schon am Tisch. Es war schon fast zehn, denn ich hatte getrödelt, weil ich ein schlechtes Gewissen wegen der Streitereien hatte. Aber beide schienen die Angelegenheit vergessen zu haben und begrüßten mich, als sei nichts gewesen.

Es gab ungetoastetes Weißbrot und Scheibenkäse. In dem Glas mit der Erdbeermarmelade war nur noch ein kleiner Rest. Katrina stocherte mit dem Messer darin herum.

»Man könnte aus den Mirabellen Marmelade machen«, überlegte sie.

Mein Vater hatte am Tag zuvor einen ganzen Eimer dieser Früchte von seinem Rasen geklaubt. Der Eimer stand auf der Terrasse und die Wespen flogen um ihn herum.

Durch die Markise wirkte unser Frühstückstisch wie in rötliches Licht getaucht.

»Die sind ja schon vergoren«, sagte mein Vater und deutete auf den Eimer, aus dem es süßlich roch. »Man könnte allenfalls noch Schnaps aus ihnen machen.«

»Ich meine auch nicht diese«, sagte Katrina, »sondern die, die noch am Baum hängen.«

»Ich habe keine Ahnung, wie das geht«, erwiderte mein Vater.

»Man braucht Gelierzucker«, sagte ich.

»Den geh ich gleich kaufen«, sagte Katrina voller Tatendrang.

»Leere Gläser braucht man auch«, fügte ich hinzu. Ich hatte einmal mit Fabienne zusammen Marmelade gekocht, letztes Jahr nach einem Spiel.

Früher hatte ich öfter bei Fabienne übernachtet. Bei manchen Spielerinnen war ich zum Geburtstag eingeladen, mit manchen war ich an heißen Tagen baden gegangen, meine Mutter hatte die anderen Mütter gemocht. In meiner neuen Mannschaft würde mich niemals jemand zum Geburtstag einladen und ich würde auch mit keinem der Jungs Marmelade kochen. Die Jungs waren keine Freunde, sie waren nur Mittel zum Zweck, und der Zweck war, dass ich besser spielen lernte.

Vermutlich war es den Jungs egal, dass sie nur ein Mittel zum Zweck waren; ich war ja auch kein echtes Mannschaftsmitglied, ich hatte keine Bedeutung für sie, ich war ein Fremdkörper, ich war nicht mal Konkurrenz. Alle diese Gedanken deprimierten mich.

Aber Marmelade zu kochen würde Spaß machen, tröstete ich mich, als plötzlich mein Handy klingelte.

Es war Fabienne. Das fand ich seltsam, weil ich ja eben noch an sie gedacht hatte.

»Hi, Jo!«, begrüßte sie mich.

»Hallo, Fabienne!«

Eine kleine Pause entstand. Warum rief sie an? Ich hatte in letzter Zeit nicht viel von ihr gehört.

»Du, wir haben heute unser Vereinsfest und spielen gegen Stern 09.«

Wieder entstand eine Pause. Vielleicht erwartete Fabienne, dass ich etwas sagte, doch mir fiel nichts ein.

»Aber es sind fünf krank. Und zwei auf Klassenfahrt. Wir sind nur zu zehnt. Meinst du, du könntest vielleicht aushelfen? Die Kündigungsfrist ist ja noch nicht abgelaufen, sagt Gabi. Du bist offiziell noch Vereinsmitglied. Bei Freundschaftsspielen dürftest du mitmachen.«

Ich wusste immer noch nicht, was ich sagen sollte. Klar hatte ich Lust mitzuspielen. Auf Fußball hatte ich eigentlich immer Lust.

»Wann ist das denn?«, fragte ich.

»Heute um drei.«

»Und gegen wen noch mal?«

»Das ist es ja eben, Stern 09. Wir wollen auf keinen Fall verlieren.«

Ich war mir nicht sicher, ob es schlau war, mitzuspielen, denn am Tag darauf fand ein Turnier bei Blau-Weiß statt. Fabienne erklärte mir, dass es um die Vereinsehre ginge und darum, Stern 09 einzuschüchtern. Es wäre superwichtig, dass ich käme.

»Will das auch Gabi?«, fragte ich, denn es kam mir auf einmal eigenartig vor, dass Fabienne mich anrief und nicht die Trainerin.

»Ist das Fabienne?«, fragte mein Vater dazwischen.

»Sie hat gesagt, *ich* soll dich fragen«, erklärte Fabienne.

»Aha«, sagte ich.

»Sollst du morgen für den FFC spielen?«, fragte mein Vater. »Aber morgen ist doch dieses Turnier.«

Ich ließ das Handy sinken und sagte zu meinem Vater: »Es geht um heute.«

Zu Fabienne sagte ich: »Wann müsste ich denn da sein?«

»So gegen zwei.«

Ich sah auf die Uhr. Es war kurz vor zehn. Der Fahrtweg zum FFC betrug etwa 40 Minuten. Das würde passen.

»Wenn du heute spielst, bist du morgen nicht fit«, wandte mein Vater ein.

»Ich dachte, wir wollen Marmelade kochen«, sagte Katrina.

Stimmt, das hatten wir vorgehabt, zumindest hatten wir es überlegt.

»Das ist nur ein Freundschaftsspiel«, sagte ich, »und das Turnier morgen ist nicht so wichtig.«

»Es *ist* wichtig, um einen guten Eindruck zu machen«, wandte mein Vater ein.

Wirklich wichtig war das Turnier bei Blau-Weiß tatsächlich nicht, denn es ging um nichts. Es fand zu Ehren eines verstorbenen Vereinsmitglieds statt, alle benachbarten Vereine waren eingeladen, es war eben Tradition.

»Und außerdem können wir vorher Marmelade kochen«, sagte ich zu Katrina. »Das dauert nicht so lange.«

»Also, was ist jetzt?«, drängte Fabienne.

»Warte!«, sagte ich zu ihr.

»Papa, ich würde wirklich gern beim FFC mitspielen.«

Mein Vater schüttelte den Kopf. Dann sagte er: »Tu, was du nicht lassen kannst. Aber wehe, du verletzt dich dort.«

»Gut, ich komme«, sagte ich zu Fabienne.

»Wir schaffen das«, sagte ich zu Katrina, die schlechte Laune hatte, weil ich wegmusste. »Marmelade geht ganz schnell. Sie muss nur drei Minuten kochen.«

Also pflückten wir gleich nach dem Frühstück die Mirabellen, doch das Entsteinen dauerte ewig, genau wie das Abspülen der dreckigen und verstaubten Marmeladengläser aus der Kammer. Und dann brauchten wir ja auch noch Gelierzucker.

Die Zeit lief uns davon, und als der Topf mit den Mirabellen und dem Zucker auf dem Herd stand, war es halb eins.

»Marmelade zu kochen, hast du gesagt, dauert drei Minuten«, sagte Katrina.

»Das reine Kochen«, sagte ich und schaute auf die Uhr. »Das

geht schon noch!« Ich stellte die Früchte in einem großen Topf auf den Herd und rührte den Zucker hinein.

Natürlich schafften wir es nicht. Es wurde ein Uhr und wir waren noch mittendrin.

»Ich muss los«, sagte ich zu Katrina. »Tut mir leid, ich dachte, wir schaffen das.«

Die Küche sah schlimm aus. Der Boden klebte, der Tisch klebte, wir klebten, überall lagen heruntergefallene Steine vom Obst und über dem Biomüll kreisten drei Wespen.

Ich wusch mir die Hände, packte meine Sachen und wollte gehen.

»Jo!«, kreischte Katrina. »Du kannst jetzt nicht weg!«

»Ich muss.«

»Jo, ich weiß doch gar nicht, was ich tun soll!«

»Nur abfüllen, fertig, ist ganz leicht!« Ich nahm meine Tasche.

»Ja, aber du kannst mich doch jetzt nicht mit der Marmelade allein lassen!«, rief Katrina. »Wir wollten das doch zusammen machen!!«

»Tut mir leid, ich ...« Ich wandte mich zur Tür.

»Du darfst nicht gehen!«, jammerte Katrina und fuchtelte vor mir mit den Armen herum. »Aaaah!«, schrie sie auf. »Eine Wespe! Eine Wespe hat mich gestochen!«

Ich ergriff die Flucht.

»Jo, du fiese Kuh, du darfst mich jetzt nicht allein hierlassen!«

Katrina drehte halb durch. Sie wusste ganz genau, dass mich nichts aufhalten konnte, der Fußball war wichtiger als sie, der Stich und der Dreck in der Küche, in dem ich sie sitzen ließ.

»Du fiese, hinterhältige Kuh!«, hörte ich sie kreischen, aber ich ließ die Haustür ins Schloss fallen und rannte durch die Gartentür bis an die Straßenecke, von der aus man unser Haus nicht mehr sah.

DESTINY : JO

Beim FFC war alles so, als wäre ich keinen Tag weg gewesen.

Das Vereinsfest, an dem ich in den Jahren zuvor auch immer teilgenommen hatte, war in vollem Gange. Es gab Torwände, man konnte seine Schussgeschwindigkeit messen lassen und die Zeit, die man brauchte, um 30 Meter zu sprinten. Eine Hüpfburg war aufgebaut, es roch nach Grillwürsten, süßem türkischen Gebäck und ein als Frau verkleideter Mann moderierte eine Verlosung. Es gab ein Minicourt-Turnier, und Höhepunkt des Nachmittags sollte unser Spiel sein, denn die C-Mädchen waren das Aushängeschild des Vereins.

Alle freuten sich, mich zu sehen. Dass ich zehn Minuten zu spät gekommen war, interessierte keinen. Gerade spielte eine Flüchtlingsmannschaft aus Afrika gegen eine aus Syrien, nach dieser Partie sollte unser Spiel stattfinden. Neben mir kickten kleine Mädchen in rosa Tüllröckchen einen Ball herum.

In der Kabine alberten wir herum. Mein ehemaliges Team hatte neue Trikots von einem neuen Sponsor: *Tracy Nails,* Werbung von einem Nagelstudio. Wir lachten uns krank.

Alle bewunderten meine schicken neuen Schuhe, und alle behaupteten, ich sei dünner geworden.

»Vielleicht sollte ich auch zu den Jungs gehen«, sagte Fabienne und lachte. Fabienne fand sich dauernd zu dick.

Dann liefen wir auf. Alle jubelten uns zu; wir hatten wirklich viele Zuschauer.

Stern 09 war natürlich auch schon da. Ich kannte die meisten Mädchen, denn wir hatten schon oft gegen sie gespielt. Vor allem kannte ich die große, kräftige Stürmerin. Sie hieß Destiny, hatte raspelkurzes Haar und mähte ihre Gegnerinnen einfach um. Das Mädchen im Tor war nicht besser, im Grunde eine Art Doppelgängerin von Destiny – ihr Haar war aber nur halbseitig abrasiert. Sie hatte tellergroße Hände und hieß Amber. »Heut könnt ihr einpacken!«, raunte mir Amber zu, als sie an mir vorbeiging.

Es würde nicht leicht werden.

Der Schiedsrichter kam auf den Platz. Erst sah ich ihn nur von hinten, doch als er sich umwandte, erkannte ich ihn. Es war der vom Spiel gegen den BSB. Er kam auf mich zu, grüßte mich und fragte nach meinem Schienbein.

»Hoffentlich wird es heute nicht zu rau«, sagte er mit einem Blick auf unsere Gegnerinnen.

»Wird schon gehen«, sagte ich und ging zu den anderen. Ich wunderte mich, dass ein Mann unser Spiel pfiff; die meisten der Mädchenspiele wurden von Frauen gepfiffen. Doch ich kam nicht dazu, weiter darüber nachzudenken, denn Stern 09 hatte Anstoß.

Gegen Stern 09 zu spielen, machte keinen Spaß, weil deren Taktik rein auf Konter angelegt war. Die Torfrau, die die Abwehrspielerinnen fast unnötig machte, kickte einen weiten Ball zu Destiny, die schnappte ihn sich, walzte zwar nicht besonders schnell, aber effektiv alles nieder, was ihr im Weg stand, und drosch den Ball aufs Tor. Das funktionierte je nach Gegner zwei bis zehn Mal pro Spiel und führte dazu, dass Stern 09 stets mit uns um die Tabellenspitze kämpfte.

Gegen uns funktionierte die Taktik nur halb, denn wir waren technisch, spielerisch und wahrscheinlich auch konditionell überlegen. Aber natürlich nur, wenn wir vollständig waren – und das waren wir nicht.

Weil zwei unserer Stürmerinnen fehlten, sollte ich vorne spielen. Unsere Abwehr war halbwegs intakt, auch wenn unsere Torhüterin extrem schlechte Laune hatte, nachdem ihr Destiny schon gleich vor dem Spiel den Stinkefinger gezeigt hatte. Das gehörte nämlich auch zur Taktik dieser Mannschaft: Gegnerinnen nach allen Regeln der Kunst zu beschimpfen.

Wie gesagt, Stern 09 als unser Gast hatte Anstoß, doch wir konnten ihnen gleich den Ball abluchsen und eine gute Chance herausarbeiten, Fabienne konnte abschließen, doch leider fing die Torhüterin den Ball mit ihren Riesenpratzen ab. Sie kickte einen weiten Ball nach vorne auf Destiny, die antrat. Sie überrumpelte uns und – schwupp! – lagen wir 0:1 hinten.

Diesem Rückstand rannten wir die ganze erste Halbzeit hinterher. Ich hatte zwei Chancen, doch jedes Mal zögerte ich eine Millisekunde zu lang. Es war wie verhext, ich stand fast allein vor dem Tor und traf genau die Torhüterin.

Destiny glückte zwar kein weiteres Tor, weil unsere Abwehr halbwegs funktionierte, aber ich war sehr unzufrieden mit mir. Es war mir peinlich, nicht zu treffen, jetzt, wo ich doch bei den Jungen trainierte. Außerdem war ich es nicht gewöhnt, vorne für Tore verantwortlich zu sein. Ich wusste nicht, wohin mit mir und wohin mit dem Ball. Es lief einfach nicht.

Unzufrieden saßen wir in der Kabine.

»Keine Panik«, sagte Gabi. »Die haben sich müde gelaufen. Habt ihr Destiny gesehen?«

Ja, Destiny hatte geschwankt vor Hitze und durch das Schwitzen war ihr Lidstrich ganz verrutscht.

Gabi ging jetzt auf jede in unserem Team ein, lobte, gab Tipps, munterte auf. Nur mich ließ sie aus. Vielleicht weil ich nur aushalf, vielleicht weil sie etwas dachte, was sie mir aber nicht sagen wollte: Dass das ganze Training bei den Jungs nichts bringt, wenn man nicht trifft.

Als wir wieder hinaus auf den Platz gingen, sagte sie doch noch etwas zu mir: »Früher hast du getroffen. Aber jetzt haben sie wohl eine Verteidigerin aus dir gemacht. Schade eigentlich.«

Das war nicht richtig nett. Wieso sagte sie das? Wollte sie mich kränken?

Ich biss mir auf die Lippen. Nein, kränken ließ ich mich nicht. Ich hatte alle meine Zweikämpfe gewonnen, ich hatte kluge Pässe gespielt, ich hatte zwei geniale Flanken zu Fabienne geschossen, die dann jedoch auch an dieser grässlichen Amber gescheitert war. Warum warf man Fabienne das nicht vor? Warum wurde ich nicht gelobt? Ich hatte doch alles richtig gemacht, bis auf zwei Mal.

Gabi hatte die Aufstellung beibehalten, was mich wunderte. Ich hatte erwartet, dass jemand anderes meine Position übernehmen würde, aber ich blieb vorn mit Fabienne. Warum hatte sie mich dort gelassen, wo sie doch so unzufrieden mit mir war? Wieso musste ich überhaupt hier mitspielen, wenn sie dann nur meckerten?

Eine Welle des Missmuts schwappte über mich hinweg, als ich auf den Platz ging. Aus irgendeinem Grund fiel mir mein Vater ein. Ich sei blockiert, hatte er gesagt.

Ich sah das Tor und ich sah Amber mit ihren tellergroßen Händen. Ich dachte an Rons Tritt und Niclas' Gemeinheiten. Es war ganz egal, wer auf welche Weise mich behinderte – das einzige Ziel war, ins Tor zu treffen. Ausreden zählten nicht. Egal bei welcher Mannschaft. Es gab nur ein Gebot, und das lautete: Du sollst treffen. Und offenbar vertraute mir Gabi.

Fabienne machte den Anstoß. Wir hatten den Ball. Wir behielten den Ball und ich bekam ihn. Stern 09 schlief irgendwie noch, plötzlich, es ging ganz schnell, stand ich allein vor dem Tor und diesmal zögerte ich nicht. Ich beschloss, diesmal keine Angst zu haben, nicht vor dem Tor, nicht vor Amber, nicht vor Niclas, der in meinem Kopf alles runtermachte, was ich tat, nicht vor Gabi. Einfach nicht denken, dachte ich. Also dachte ich nicht, ich schoss nur.

Und ich traf.

Der Rest des Spiels war ein Rausch. Wir gewannen 7:1, Fabienne und ich schossen die Tore abwechselnd. Es war so leicht. Vielleicht weil unsere Gegnerinnen erschöpft waren, vielleicht weil ihre Taktik gegen spielerisch überlegene Mannschaften ohnehin nicht funktionierte, vielleicht weil es heiß war, vielleicht weil es doch nur ein Freundschaftsspiel war. Trotzdem: Wir hatten gewonnen und ich hatte so viele Tore wie noch nie in meinem Leben geschossen.

Weil Gabi mir vertraut hatte.

Komplett beglückt kehrte ich am Abend nach Hause zurück. Meinen Vater, Katrina und die Marmelade hatte ich völlig vergessen.

Als ich in den Garten kam, kniete mein Vater über dem Mähroboter. Die Hollywoodschaukel quietschte; ich sah, wie Katrina sich mit ihrem rechten Fuß immer wieder vom Tisch abstieß.

»Hallo!«, rief ich.

Mein Vater sah kurz auf und hob die Hand, Katrina reagierte nicht. Wahrscheinlich hörte sie Musik. Mit einem Schlag war meine gute Laune dahin.

Ich ging in die Küche, wo ordentlich aufgereiht die fertigen Marmeladengläser standen.

»Das war ganz schön viel Arbeit«, hörte ich Katrina rufen.

Ich antwortete nicht. Meine gute Laune war nicht nur weg, sondern sie war kurz davor, in Wut umzuschlagen. Warum hielt mir Katrina das vor? Sie hatte doch die Idee gehabt, Marmelade zu kochen, nicht ich. Mein Fehler war allenfalls, zu behaupten, es ginge ganz schnell, in drei Minuten.

»Du hast mich im Stich gelassen!«, sagte Katrina. Sie war jetzt in die Küche gekommen und stand barfuß neben mir auf dem graublauen Linoleumboden, der immer noch ein wenig klebte.

»Ich dich? Und was tut ihr? Ihr lasst mich auch im Stich. Papa steckt mich, ohne zu fragen, in einen Verein voller grässlicher Jungs, Mama sagt nichts dagegen und du«, mir fiel nicht so recht ein, was Katrina getan haben könnte, »und du, du kümmerst dich auch bloß um deinen Scheiß!«

»Ja, weil du dich nur um deinen Scheiß kümmerst. Hier kümmert sich niemand um irgendwas. Wofür hab ich diese idiotische Marmelade überhaupt gemacht? Papa kann die Früchte nicht leiden, weil sie seinen Rasen kaputt machen, Mama isst keine Marmelade und schon gar keine aus Papas Früchten und du isst nur Nutella, da kann ich ja gleich …« Katrina hatte ein Glas in die Hand genommen und schien es auf den Boden fallen lassen zu wollen.

»Nein!«, sagte ich und konnte das Glas in dem Augenblick, in dem sie es losließ, auffangen. »Nicht!«

In Katrinas Augen standen Tränen. Sie drehte sich weg, zuckte mit den Schultern und verließ die Küche. Ich hörte die Treppe knarren, stellte das Glas wieder in die Reihe und packte meine Tasche aus.

Als ich später ins Bett ging, lag Katrina im Bett und schlief oder tat so. Ich hätte gerne mit ihr gesprochen, über die Marmelade, über unsere Eltern oder über Fußball und Ballett, aber ich legte mich stumm ins Bett.

Der Zettel am Boden unter Katrinas Bett fiel mir auf, als ich zum zehnten Mal die Decke wendete, weil mir zu heiß war. Sie rutschte weg, ich griff nach unten, um sie wieder hochzuziehen. Der Zettel störte mich, wie er da unter ihrem Bett lag. Ich meinte, nicht mehr einschlafen zu können, wenn der Zettel weiter da lag.

Ich hob ihn auf und faltete ihn auseinander. Mithilfe der Handytaschenlampe las ich, was in krakeliger Jungsschrift darauf geschrieben war.

Liebe Katrina,
danke für die Socken!!!!
R

Darunter war ein Paar Socken gemalt. Ich betrachtete Zettel, Schrift und Socken. Katrina hatte einem »R« Socken geliehen. Mir fiel außer Cristiano Ronaldo nur einer ein, der so hieß. Und den Zettel erkannte ich natürlich sofort wieder. Es war ein Zettel aus einem Kalender und die Schrift konnte nur von einem einzigen Menschen stammen.

Ich schaltete die Lampe meines Handys wieder aus und saß eine Weile im Schneidersitz auf meinem Bett.

Kannten sich also Ron und Katrina? Und warum lieh sie ihm Socken?

Ich atmete tief ein. Nein. Auf einmal fügte sich alles wie ein Puzzle zusammen. Ron war der »Neue« bei Katrina. Ron tanzte. Das »Hi«-Buch, das er sich gekauft hatte, seine Tanzbewegungen, die Musik, sein Fehlen beim Spiel gegen den BSB und seine schlechte Laune auf dem Fußballplatz, das alles passte zusammen.

Ich schaltete noch einmal kurz die Handytaschenlampe an, um den Zettel zu betrachten. Dann legte ich ihn wieder so unter Katrinas Bett, wie ich ihn gefunden hatte, und kuschelte mich in mein Bett. Ich war erleichtert, weil ich endlich Bescheid wusste.

GLAS : KOPF

Um halb sieben weckte mich mein Vater. Es kam mir so vor, als hätte ich höchstens zwei Stunden geschlafen.

In der Küche kochte sich mein Vater eine Tasse Pulverkaffee und stellte Weißbrot und die neue Marmelade auf den Küchentisch. Ich öffnete das Glas und schnupperte hinein. Sie roch lecker, aber ich strich sie nicht aufs Brot, denn ich befürchtete, sie könnte Unglück fürs Turnier bringen. Schließlich war sie unter Streit entstanden.

Weil sich mein Vater bereit erklärt hatte, Melone für das Büfett mitzubringen, nahm er ein großes Küchenmesser und machte sich daran, eine fünf Kilo schwere Wassermelone zu zerteilen. Saft lief über den Tisch und tropfte auf den Boden. Mein Vater wischte ihn ab und fluchte. Obst aufzuschneiden gehörte nicht zu seinen Kernkompetenzen.

Ich selber packte meine Schuhe und die Schienbeinschützer ein und suchte nach meiner Trinkflasche. In meiner Sporttasche war sie nicht, auch nicht in meinem Rucksack. Vermutlich hatte ich sie gestern beim FFC stehen lassen. Ich schwitzte jetzt schon.

Weil ich auch Katrinas Trinkflasche nicht fand und keine bessere Idee hatte, nahm ich eines der leeren Marmeladengläser, die wir nicht gebraucht hatten. Ich füllte es mit Wasser, verschraubte es und steckte es ein.

Mein Vater war mit der Melone fertig, schrieb für die noch schlafende Katrina eine Nachricht und wir fuhren los.

»Jetzt schon 24 Grad«, sagte er mit einem Blick aufs Autothermometer. Es würde zu einer erneuten Hitzeschlacht kommen.

Auf dem Gelände ging es schon munter zu. Jungs aller Altersklassen liefen in blauen oder weißen Trikots herum und auch die Kinder aus anderen Vereinen waren da.

Wir gingen zum Vereinsgebäude; mein Vater wollte als Erstes seine Melone loswerden.

»Das ist er übrigens«, sagte er, als wir bei einer Bronzestatue vorbeikamen, die da schon immer stand, für die ich mich aber nie interessiert hatte. Sie stellte einen Fußballer mit viel zu kurzen Hosen dar, der einem imaginären Ball nachrannte.

»Norbert Harig«, erklärte mein Vater, bevor ich nachfragen konnte. »Er ist mitten in einem Fußballspiel von Blau-Weiß an Herzversagen zusammengebrochen, nachdem er das Führungstor in einem wichtigen Spiel geschossen hatte. Deswegen findet jedes Jahr dieses Turnier statt.«

Norbert Harig hätte mein Opa sein können. Am Sockel des Denkmals stand: *1940-1967*. Neben der Statue waren Blumen und ein Kranz abgelegt worden.

In anderthalb Stunden würde das Turnier beginnen. Es sollte gleichzeitig auf vier Kleinfeldplätzen gespielt werden, wegen der Hitze war jedes Spiel auf 2 mal 7 Minuten verkürzt worden. Trotzdem würde es ein langer Tag werden.

Ich hatte schwere Beine. Das gestrige Spiel war anstrengender gewesen als gedacht; Fabienne und ich waren wirklich viel gerannt.

Wie immer bekam ich meine Schiedsrichterkabine. Weil es mir schon zur Gewohnheit geworden war, bückte ich mich zu dem durchgestrichenen FLY HIGH! hinunter. Neben *Schade!* stand jetzt: *Hey, Überflieger, schreib mir!* Ich suchte nach einem Stift. Was sollte ich denn schreiben?

Dann klopfte es an der Tür. Es war Jurek.

»Jo, bist du fertig? Wir machen Mannschaftsbesprechung!«

»Ja, gleich«, antwortete ich und band meine Schuhe.

Die Mannschaft war in der Jungs-Umkleide versammelt. Niclas saß ganz links, Ron ganz rechts, dazwischen die anderen. Nordpol und Südpol, dachte ich, aber ich wusste nicht, welcher von beiden der Nordpol und welcher der Südpol war. Die gemäßigten Zonen, das war klar, das waren Kuno, Ahmed und die anderen und in der Mitte war der Äquator, unser Torwart. Und was war ich? Der Mond?

»Niclas, du spielst mit Ahmed vorne, Misha und Jo, ihr

macht hinten dicht.« Ahmed, Kuno und Luis sollten das Mittelfeld bilden. Wir spielten ja nur 7 plus 1. Jurek war offenbar auf keine Experimente aus, und ich war froh, nicht vorne spielen zu müssen. Tore schießen bei Mädchen war das eine, Tore bei Jungen zu schießen das andere.

Ich hatte lange nicht Kleinfeld gespielt. Alle Abstände waren kürzer, im Nu wechselte Angriff in Verteidigung und umgekehrt. Dribbeln war wichtiger als ein präziser Pass, gute Einzelspieler konnten spielbestimmend sein.

So kam es, dass im ersten Spiel ausschließlich Niclas den Ball für sich beanspruchte. Er dribbelte durch die Reihen und schoss aus jeder Lage aufs Tor. Weil die gegnerische Mannschaft überrumpelt war, führten wir rasch 2:0. Dann hatte sie Niclas' Konzept verstanden, und er scheiterte spätestens beim Torschuss, was ihn aber nicht an weiteren Alleingängen hinderte.

Jurek rief ihm zu, den Ball abzugeben, aber er tat es nicht. Gegen Ende wurde der Gegner immer stärker, wir hinten hatten alle Hände voll zu tun und konnten das 2:0 gerade noch so über die Spielzeit retten. Dennoch war Niclas davon überzeugt, dass wir den Sieg nur ihm zu verdanken hätten.

Im zweiten Spiel ließ Jurek Niclas zunächst auf der Bank sitzen. Niclas war beleidigt und dummerweise stand es rasch 2:0 für die anderen. Zwei Minuten vor Schluss wechselte Jurek Niclas ein, und der schoss prompt den Anschlusstreffer. Trotzdem verloren wir das Spiel, und gleich nach dem Abpfiff kam Niclas' Vater auf Jurek zu.

»Das kann doch nicht wahr sein, den besten Spieler lässt du draußen!«

»Er ist nicht mein bester Spieler.«

»Bloß, weil er nicht macht, was du sagst! Fußball lebt von Individualisten, von Intuition und Genie.«

»Das mag schon sein, wenn man eines *ist*.«

»Aha, ich seh schon, was du von Niclas hältst.«

»Ich halte von Niclas so viel wie von jedem anderen Spieler. Er hat zu tun, was ich sage.«

»So, hat er das?«

»Ja, hat er.« Damit wandte sich Jurek ab. Zum Glück wurde Niclas' Vater von einer Horde kleiner Jungs abgedrängt, die aufs Spielfeld wollten.

Statt Misha sollte im dritten Spiel Ron mit mir verteidigen. Er machte das nicht gern, denn er war nicht so zweikampfstark, wie ein Verteidiger zu sein hatte. Er schoss lieber platzierte Pässe, Freistöße oder Ecken.

Jetzt wirkte er lustlos wie in letzter Zeit öfter. Während der vorangegangenen Spiele hatte er ein wenig gleichgültig auf der Bank gesessen und manchmal eher den Flugzeugen nachgeschaut als das Geschehen auf dem Spielfeld betrachtet. Und jetzt stand er da, guckte auf den Boden und versuchte seine Füße auszustellen, sodass sie genau auf der Mittellinie zu stehen kamen. Der Pfiff zum Anstoß schreckte ihn auf und noch mehr offenbar Ahmeds Zuruf.

»Hey, machst du Ballett oder was?«

Misha lachte, auch ein Gegner lachte mit. Ich lachte nicht. Wenn die wüssten, was ich wusste, dachte ich.

Die Jungs waren von Stern 09, also die Jungs-Mannschaft des Vereins, gegen den ich gestern mit den Mädchen gespielt hatte. Sie waren nicht schlecht und fanden vor allem schnell heraus, dass man auf Rons Seite deutlich besser durchkam als auf meiner. Als das zweite Tor für die anderen fiel, brüllte Jurek, der eigentlich nur sehr selten laut wurde, über den Platz: »Mann, Ron, schläfst du?«, während ich die Lücken zu schließen versuchte, die Ron ließ. Ich rannte und rannte und mühte mich ab, während Niclas vor Wut kochte, weil Ron so viele Fehler machte.

Bei der erstbesten Gelegenheit schnappte er sich den Ball und schoss im Alleingang zwei Tore kurz hintereinander. Es stand jetzt 2:2. Jurek nahm Ron raus und jetzt sollte ich mit Ahmed verteidigen.

Aber ich war erschöpft. Ich verlor zwei Zweikämpfe und machte kurz vor Ende des Spiels einen ungeschickten Rückpass auf den Torwart, einer von Stern 09 schnappte sich den Ball und schoss ein Tor. Wir verloren 3:2.

»Mann, wie blöd kann man sein!«, schrie mich Niclas an.

Ich wollte irgendetwas zu meiner Verteidigung sagen, doch Niclas redete schon weiter. »Und wegen dir werden wir womöglich Letzter in diesem Scheißturnier.«

Das Wort »Scheißturnier« hatte Jurek gehört.

»Niclas, wieso ›Scheißturnier‹? Was ist das für eine Einstellung?«

»Das ist die Wahrheit! Wozu spielen wir dieses alberne Turnier für diesen beschissenen Norbert Harig, den doch eh keiner mehr kennt, wo wir auch am großen Sommer-Cup teilnehmen könnten?«

»Niclas!«

»Das wäre viel wichtiger. Dort spielen heute die richtig guten Vereine und dorthin kommen die Scouts … und mit den richtigen Leuten, sagt mein Vater, könnten wir da auch mithalten.«

»So, und wer wären die richtigen Leute?«, fragte Otto. »Du und deine zehn Klone?«

Ron verdrehte die Augen, und Ahmed sagte: »Hähä, Klone!«

Einen Augenblick dachte ich, das Gespräch könnte vielleicht noch eine positive oder wenigstens halbwegs lustige Wendung nehmen, weil auch Jurek nur abwinkte, aber Niclas war nicht mehr zu bremsen.

»Keine Mädchen eben, ganz einfach«, sagte er.

»Niclas, jetzt reicht's!« Jurek stellte sich vor ihm auf. »Noch ein Wort und du fliegst raus.«

»Ist doch wahr! Seit sie da ist, kann man nicht mehr vernünftig spielen. Sie vergiftet die Mannschaft.«

Das war zu viel. Es war schon lang alles zu viel. Ich nahm meinen Beutel und schleuderte ihn in Richtung Niclas. Dummerweise traf ich genau Niclas' Kopf und dummerweise war in dem Beutel das mit Wasser gefüllte Marmeladenglas.

Niclas schrie auf und fiel zu Boden, wo er regungslos liegen blieb.

Irgendwie dehnte sich in diesem Augenblick die Zeit ins scheinbar Unendliche aus und ich dachte hunderttausend unsinnige Sachen gleichzeitig. Wie zum Beispiel: Da sitzt eine Fliege auf Rons Kopf und Jurek hat Schweiß auf der Nase und die Schnüre des Beutels sind blau und *so sehn Sieger aus, schalla-lala-laaa* und am Kuchenbüfett gibt es zwei Sorten Schokoladenkuchen und ich stehe auf einem Kronenkorken und *Despacito* und 32 Grad und Alana Martina ist die Tochter von Cristiano Ronaldo und Katrina hat einen Sockenbrief bekommen und Piranha und und und.

Alle waren plötzlich ganz still.

Doch dann stützte sich Niclas auf, was ich sehr beruhigend fand, denn er hätte ja auch tot sein können. Aus einer Wunde an der Stirn jedoch rann das Blut, die Quelle des Amazonas, dachte ich, und dann heulte Niclas auf und schrie: »Sie hat mich angegriffen! Sie hat mich angegriffen!«

Auf einmal waren alle Väter da, meiner, Ottos, Sigis, Niclas' und auch Ahmeds, der ein Stück Lahmacun in der Hand hielt.

Der Vater von Niclas tippte auf dem Handy und sagte: »Ich ruf die Polizei!«

Mein Vater rief: »Was ist los? Was ist los?«

Und Ahmeds Vater sagte: »Was wollt ihr Polizei?«

Jurek machte beruhigende Handbewegungen, weil er sah, dass Niclas' Vater seinen Plan, die Polizei zu rufen, aufgegeben hatte, aber sich stattdessen auf meinen Vater stürzte und schrie: »Deine Tochter hat meinen Sohn verletzt!« Er hatte meinen Vater am T-Shirt gepackt, doch der verstand gar nicht, wie ihm geschah, denn er hatte überhaupt nicht mitbekommen, was genau passiert war.

»Ey, lass den Sven«, rief Ahmeds Vater, drückte seinem kleinen Sohn das Lahmacun in die Hand und griff nach dem Arm von Niclas' Vater.

»Fass mich nicht an mit deinen schmierigen Türkenfingern!«, fuhr Niclas' Vater Ahmeds Vater an.

»Er ist kein Türke!«, schrie Mama Ahmed, die jetzt ebenfalls dazugekommen war. »Er ist Tunesier.«

»Umso schlimmer!«, sagte Niclas' Vater und wischte die Hand von Ahmeds Vater von seinem weißen Hemd, als wäre sie eine lästige Fliege.

Zwei Männer kamen mit einem Erste-Hilfe-Koffer angerannt. Niclas' Trikot war voller Blut, er selber war käseweiß und ließ sich vom nächstbesten Helfer stützen.

Aber eigentlich war das Nebensache, auch ich war längst Nebensache. Zentrum des Geschehens war längst der Streit der drei Väter, zu dem sich inzwischen noch Ottos Vater und Sigis Vater, also Herr von Staden, hinzugesellt hatten.

»Sind wir hier jetzt ausländerfeindlich?«, fragte Ottos Vater, der ein ziemlicher Koloss war und eine Bulldogge an der Leine führte.

»Lein du mal erst deinen Köter richtig an«, sagte Herr von Staden. »Und dass wir ausländerfeindlich sind, lass ich mir nicht unterstellen, aber Tatsache ist doch, dass Sigi nicht mehr ins Tor darf, seit dieses ... Mädchen ... da ist.«

»Weil er vielleicht keinen Ball hält?«, fragte Ottos Vater. »Und mein Hund *ist* angeleint.«

»So ein Vieh bräuchte einen Maulkorb!«

»Wenn du noch ein Wort gegen meinen Hund sagst«, drohte Ottos Vater, baute sich vor dem eher schmal geratenen Herrn von Staden auf und sagte etwas, das ich nicht verstand, weil gerade ein Flugzeug über uns hinwegdonnerte.

Doch Herr von Staden hatte es wohl verstanden, denn er sagte mit scharfer Stimme, die sogar das Flugzeug übertönte: »Immerhin hab ich noch ein Recht auf freie Meinungsäußerung und befinde mich damit auf dem Boden des Grundgesetzes. Das Mädchen dagegen hat Gewalt angewendet und wie heißt es so schön hier auf diesem Plakat?« Er zeigte auf ein Plakat des Verbandes, auf dem ausdrücklich zu lesen stand, dass Gewalt, Fremdenfeindlichkeit, Geschlechterdiskriminierung, Drogen, Waffen und Beschimpfungen nicht erlaubt seien.

Diese Bemerkung war wiederum für meinen Vater zu viel. Er stürzte auf Herrn von Staden zu, in dem Augenblick bellte der Hund von Ottos Vater und ich schloss einfach die Augen und dachte: Mirabellenmarmelade, Manaus, FLY HIGH, Kabinenschlüssel. Dann drehte ich mich um und rannte davon.

Ich hockte in meiner Kabine, verschwitzt und erschöpft und völlig niedergeschlagen.

Man würde mich rausschmeißen, und das zu Recht. Man durfte nicht mit Glasbehältern auf Mitspieler werfen. Aber warum nur hatte ich gestern meine Trinkflasche beim FFC vergessen? Warum hatte ich dort überhaupt mitgespielt? Warum hatte ich diesen Rückpass gemacht? Warum hatte Katrinas Trinkflasche nicht in der Küche gestanden? Warum hatte ich ausgerechnet ein Marmeladenglas genommen? Warum hatte ich diesen Zettel, der mich Stunden wertvollen Schlafs gekostet hatte, unter Katrinas Bett aufgehoben? Was ging es mich überhaupt an, dass Katrina irgendeinem Ron Socken schenkte? Warum hatte ich nach Niclas geworfen?

Jemand klopfte an der Tür. Ich antwortete nicht.

Das Klopfen wiederholte sich. Ich blieb stumm.

»Hallo? Ist da jemand drin?«

Ich kannte die Stimme nicht.

»Bist du das Mädchen?«

Ich schwieg. War das die Polizei? Suchte man mich schon?

»Jo?«

Ich schwieg.

»FLY HIGH?«

Ich hatte eigentlich nicht antworten wollen, tat es dann aber doch. »Nein, ich flieg nicht mehr höher. Ich bin so was von abgestürzt.«

»Ich hab mich das übrigens auch immer gefragt.«

Ich wusste nicht, was die- oder derjenige da draußen sich immer gefragt hatte.

»Wer an diese Hauswand dieses FLY HIGH geschrieben hat. Und was er damit sagen wollte. Seit 15 Jahren frage ich mich das.«

Ich wunderte mich. Wer in aller Welt außer mir machte sich über Graffitis an Fußballplätzen Gedanken?

»So lange steht das schon da?«

»Vielleicht noch länger. Mach doch mal auf.«

»Nein.«

»Es wäre nett. Wir könnten uns unterhalten.«

»Ach«, sagte ich. »Über was denn? Und wer sind Sie überhaupt?«

Die Stimme klang nach einem jungen Erwachsenen. Sie, also die Stimme, nannte jetzt einen Namen, aber ich verstand ihn nicht richtig.

»Wie bitte?«, fragte ich.

»Ich bin die Schiedsrichterin.«

»Wer?«

»Die, die immer diese Kabinen hier benützt«, fügte die Stimme hinzu. »Außer dir, meine ich. Ich habe alles genau mitgekriegt«, sagte die Stimme.

Ich schüttelte den Kopf. Es war einfach nicht zu glauben. War der Schiedsrichter eine Frau?

»Vielleicht kann ich dir helfen«, sagte die Stimme.

Mein Hirn funktionierte nur sehr langsam. Wobei wollte mir eine wildfremde Schiedsrichterin helfen? Und warum?

Trotzdem stand ich auf und ging zur Tür. Langsam drückte ich die Klinke. Draußen stand sie, die Schiedsrichterin. Sie trug ihr gelbes Trikot mit dem schwarzen Mittelstrich. Aus der Hemdtasche lugte die Rote Karte heraus.

Die Schiedsrichterin hatte braunes, kurzes Haar und war weder besonders groß noch besonders muskulös. Nichts an ihr war so, dass man auf den ersten Blick sah, ob es eine Frau oder ein Mann war. Viel Hintern und viel Busen hatte sie auch nicht.

»Darf ich?«, fragte sie, kam herein und setzte sich an den Tisch.

»Du hast toll gespielt, gestern.«

Ich zuckte mit den Schultern. Gestern war gestern.

Weil ich nichts sagte, fuhr sie fort: »Mädchenspiele mag ich. Man hat nicht so viel zu tun und die Eltern sind angenehmer, selbst die von Stern 09, haha.«

Ich merkte, dass sie mich unbedingt aufheitern wollte. Das fand ich nett und deswegen lächelte ich.

»Aber ich mach das nur zur Entspannung, Mädchenspiele

pfeifen, meine ich. Eigentlich möchte ich mal in der Bundesliga pfeifen. Männer, natürlich.«

»Mmmh«, machte ich. Eigentlich war mir egal, was sie wollte.

»Weißt du, Eltern sind das Schlimmste überhaupt. Sie sind eine Pest. Und die Eltern eben haben sich bei Weitem schlimmer benommen als du.«

»Wie?«, fragte ich. Ich konnte mir nichts Schlimmeres vorstellen, als einem Mitspieler ein Marmeladenglas an den Kopf zu schleudern.

»Na ja, die haben sich ganz schön gekloppt.«

»Was? Die Eltern haben sich geprügelt? Mein Vater auch?«

»Nein, der gar nicht, der hat sich gleich verzogen, als der Hund bellte.«

»Er ist weggelaufen?« Ich hatte ja noch in Erinnerung, dass er sich auf Niclas' Vater hatte stürzen wollen. Dass sich mein Vater derart vor Hunden fürchtete, hatte ich immer als albern bis peinlich gefunden, aber jetzt war seine Hundeangst endlich zu etwas gut.

»Und die anderen«, fuhr die Schiedsrichterin fort, »haben sich richtig gekloppt. Dieser Anwalt ist ja total ausgerastet, weil sich André vor ihm aufgebaut hat, um ihm zu sagen, dass er hier ja wohl derjenige sei, der diskriminiere ...«

»Wer ist André?«, unterbrach ich die Schiedsrichterin.

»Ottos Vater.«

»Woher kennen Sie die alle?«

»Ich bin schon ein paar Jahre im Verein, da kennt man die Leute. Du kannst Luca zu mir sagen ... und ›du‹.«

»Haben Sie, äh, hast du, auch als Mädchen mitgespielt?« Wenn das so wäre, wäre ich nicht das erste Mädchen. Irgendwie hätte mich das erleichtert.

»Nein, nein, ich komm vom FFC. Dort hab ich gespielt, aber ich war nur Mittelmaß. Seit ich 15 bin, pfeife ich Spiele ... Du bist übrigens nicht die Einzige, die unter Niclas leidet. Selbst euer Trainer tut das. Er wollte schon mal hinschmeißen – wegen Niclas.«

»Echt?« Ich konnte das gar nicht glauben. Jurek war so stark.

»Jedenfalls hat dieser Anwalt nach dem Hund getreten, worauf der sich in die Anzughose des Anwalts verbiss. Darauf lachte Tarek, also Ahmeds Vater, so sehr, dass Herr von Staden ihn anschrie, er hätte da gar nicht so zu lachen, er solle froh sein, dass er sich überhaupt auf einem deutschen Fußballplatz aufhalten dürfe, woraufhin plötzlich, wie aus dem Nichts, Hagen auftauchte, der dem Herrn von Staden ein Veilchen verpasste.«

Die Schiedsrichterin lachte, doch es war ein bitteres Lachen. Wir saßen inzwischen auf den zwei Stühlen, die es in der Schiedsrichterkabine gab.

»Hagen?«, fragte ich.

»Hagen, das Blau-Weiß-Urgestein. Er ist der Vater von Ron.«

»Und was ist jetzt mit dem Turnier?«

»Ach, das geht weiter.«

»Und mit mir?«

Luca schwieg.

»Werde ich rausgeschmissen?«

»Das mit diesem Glas war nicht okay. Aber ich hab ja gehört, was Niclas zu dir gesagt hat. Man braucht also keinen Lippenleser.«

Luca lachte ein bisschen. Sie dachte also an Materazzi. Zinédine Zidane hatte nach dem berühmten Kopfstoß eine Rote Karte bekommen. Mehr nicht. Und etwa zehn Jahre später war Zidane Trainer von Real Madrid geworden, Materazzi hatte ein Buch über den Kopfstoß geschrieben und in einem Museum in Katar stand eine Bronzestatue, die die Szene darstellte.

»Außerdem«, sagte Luca, »ist es einfach zu heiß. Da kann ja keiner mehr klar denken.«

Eigentlich hätte mich das alles trösten sollen.

Vielleicht tat es das auch, auf lange Sicht.

Momentan aber half es mir nicht.

Luca war gegangen, sie hatte zum Abschied gesagt: »Kopf hoch. Ich bin dein Fan. Du bist besser als die alle.«

Das hatte mich gefreut, wenigstens war da eine, die mit mir zufrieden war.

Trotzdem half mir dieser Satz nicht weiter, denn ein anderer Satz von ihr verstopfte mein Gehirn. »Das mit dem Glas war nicht okay«, hatte sie gesagt. Und dieser Satz war das eigentliche Zentrum unserer Unterhaltung. Es war egal, wie gut ich war und ob sie mich gut fand. Es war egal, ob ich besser war als irgendwer. Es war egal, ob ich es schwer hatte bei den Jungs. Es war auch egal, ob mich Niclas beleidigt hatte, ob er mich provoziert hatte, ob alle anderen auch unter ihm litten.

Meine Tat blieb – und das erste Mal in meinem Leben spürte ich, dass es Dinge gab, die nicht mehr gutzumachen waren.

Jeder in der Mannschaft würde sich für immer daran erinnern. Alle im Verein würden es wissen. *Das Mädchen* hatte ein Marmeladenglas geschleudert. Mädchen waren eben zu empfindlich. Mädchen waren zickig und griffen zu unfairen Mitteln. Mädchen hatten in einer echten Mannschaft nichts zu suchen. Das erste Mädchen im Verein würde das letzte Mädchen sein.

Ich überlegte, was ich tun sollte. Genauer gesagt, ich überlegte nicht. Denn hätte ich überlegt, wäre ich nicht einfach davongelaufen.

Eilig zog ich mich um und verließ die Kabine. Der Platzwart war nicht da und so schob ich den Kabinenschlüssel unter der Glasscheibe hindurch. Eine Horde Zehnjähriger eines anderen Vereins kam mir lärmend entgegen, dann zwei Trainer von Blau-Weiß, die mich aber offenbar nicht erkannten oder nicht wussten, was ich getan hatte. So konnte ich einigermaßen unbemerkt das Gebäude verlassen und schlich mich an den Pappeln vorbei beim Seiteneingang des Geländes hinaus.

Ich musste jetzt zwar, um zur S-Bahn zu kommen, das halbe Gelände umrunden, aber so hatte mich wenigstens keiner gesehen, der mich kannte. Tschüss, Blau-Weiß. Nie wieder würde ich diesen Platz betreten, ganz sicher nicht.

In der S-Bahn überlegte ich, wohin ich fahren sollte, wobei ich auch darüber nicht wirklich nachdachte. Es war halb zwölf. Zu meinem Vater konnte ich nicht, nie mehr würde ich zu meinem Vater gehen können. Betty schlief noch und Fabienne war sicher wieder auf ihrem Boot.

Also fuhr ich zu meiner Mutter.

FLUCHT : WIDERSTAND

Auf dem Heimweg kam ich auf dem Weg von der S-Bahn-Station an dem kleinen hässlichen Platz mit dem noch hässlicheren sternförmigen Betonbrunnen vorbei. Ich musste an früher denken, als Betty und ich dort immer gesessen hatten, ein Früher, das noch gar nicht lange her war, und an noch früher, als ich mit meiner Mutter zum Eisessen dort war, und an noch viel, viel früher, als ich dort mit Katrina und meinen beiden Eltern gesessen hatte und wir Eiswaffeln an die Spatzen verfüttert hatten. Meine Mutter hatte gesagt, es sei nicht gut, die Vögel zu füttern, wenn sie keine Not hätten, und die Brösel auf dem Boden würden nur die Ratten anlocken. Doch mein Vater hatte nur gelacht und gesagt: »Solange sie keine Hunde anlocken!«

Damals war die Welt noch einfach gewesen, ohne Mathe, ohne Fußball und ohne Piranhas, wo man sie nicht vermutete.

In der Wohnung meiner Mutter war niemand. Klar, Katrina war vermutlich noch bei meinem Vater, aber wo war meine Mutter?

Ich ging in die Küche und holte Orangensaft aus dem Kühlschrank. In der ganzen Wohnung war es drückend warm, nur das Küchenfenster, das zum Hof ging, war gekippt, doch auch das nutzte nicht viel. Die Spülmaschine summte leise, und ich stellte mir vor, wie meine Mutter an den Wochenenden, an denen wir weg waren, allein am Küchentisch saß und frühstückte. Ob sie sich ein Ei kochte? Ob sie frische Brötchen holte? Ich hatte nie überlegt, was unsere Eltern taten, wenn sie allein waren, ohne uns.

Ich verdünnte den Orangensaft mit Leitungswasser und ging mit dem Glas in mein Zimmer, stellte es auf den Nachttisch und legte mich aufs Bett.

Das Grün der Wand störte mich. Mich störte auch die Pinnwand mit der Postkarte von Cristiano Ronaldo. Ich setzte mich auf und nahm sie ab.

Cristiano Ronaldo war doch kein Mensch! Er war übernatürlich, es hatte keinen Sinn, ihn anzuhimmeln oder sich am Ende mit ihm zu vergleichen. Vielleicht hatte ein fußballverrückter Professor in die Mutter von Cristiano Ronaldo einen Embryo implantiert, ausgestattet mit den Genen der besten Spieler aller Zeiten.

Die Pinnwand war jetzt leer, die ganze Wand war leer. Ich öffnete die Schublade meines Nachttischs und zog eine Postkarte hervor. Sie zeigte eine rote Mohnblume in einem gelben Weizenfeld. Der Himmel darüber war blau mit weißen Wolken. Das gefiel mir.

Dann dachte ich, das gelbe Weizenfeld ist Niclas' Haar, die Mohnblume sein Blut und der blau-weiße Himmel die Vereinsfarben. Ich hängte die Postkarte wieder ab. Nie mehr Blau-Weiß!, dachte ich und fühlte mich wie befreit.

Das erste Mal, seit ich bei den Jungs angefangen hatte, stand ich nicht unter Druck. Ich würde wieder bei den Mädchen spielen; dort konnte man sich vor dem Spiel umarmen, durchsichtige weiße Trikots waren egal, und wenn man zu spät kam, sagte die Trainerin: »Schön, dass du noch kommst.« Wir würden immer gewinnen, die Landesliga und den Pokal, und wir würden danach singen, all die Lieder wie *Humda, humda, däderäää!* und *So sehn Sieger* aus. Und ich würde sie mitschreien können und nicht verhalten neben dem Jungspulk stehen. Ich würde Blau-Weiß einfach aus meinem Kopf streichen und spätestens in einem halben Jahr würde ich nur noch selten daran denken. So einfach konnte die Welt sein.

Deswegen steckte ich jetzt meinen FFC-Fanschal, den ich nie trug, mit vier Nadeln an der Pinnwand fest, verließ mein Zimmer und ging ins Wohnzimmer. Neben dem Sofa stand ein kleines Tischchen, auf dem meine Mutter alte Zeitschriften ablegte. Früher hatte sie *medizini*-Hefte aus der Apotheke geholt und wir hatten süße Robbenbabys oder eine Gnuherde in unseren Zimmern aufgehängt. Jetzt las meine Mutter irgendwelche Hefte über Popmusik, in denen waren aber keine Poster, nur Bilder von Bands, die ich nicht kannte.

Ich suchte die Hefte durch nach etwas, das ich aufhängen konnte, doch ich fand nichts. Da sah ich die Karten. Meine Mutter hatte drei Eintrittskarten für das Musical, in dem Katrina mittanzte. Es war eine riesige Produktion, die Premiere war in fünf Tagen. Natürlich hatte Katrina davon erzählt, aber ich hatte nicht richtig zugehört. Hier ein Auftritt bei einem Musical, da einer in der Oper, eigentlich war ständig irgendetwas. Doch für mich war das alles nur verwirrend, wahrscheinlich genauso wie für Katrina die Begriffe »Bezirksliga« und »Landesliga«, C1 und C2 oder der Unterschied zwischen Kunstrasen- und Rasenschuhen.

Die drei Plätze, das sah ich an den Nummern, waren drei Plätze nebeneinander. War etwa eine Karte für unseren Vater gedacht? Würden wir alle zusammen das Musical ansehen?

In diesem Augenblick kam eine Nachricht von meinem Vater.

Wo bist du?

Ich überlegte kurz, was ich antworten sollte. Diesmal überlegte ich sogar wirklich. Sollte ich die Wahrheit schreiben? Oder würde ihn das noch mehr verärgern? Was war überhaupt die Wahrheit? Jetzt war ich bei meiner Mutter, aber in zehn Minuten konnte ich auch schon auf dem Rand des hässlichen Betonbrunnens sitzen und Kaktuseis essen, ich konnte auf dem Weg zum Bahnhof sein und dort in einen Regionalzug ans Meer steigen, ich konnte auf dem Fahrrad sein, bei Betty – es war jetzt nach zwölf, da war sie ganz sicher wach, ich konnte mir einen Flug buchen und davonfliegen.

Ich weiß nicht, antwortete ich ihm also.

Willst du mich veräppeln?, schrieb er.

Eine Weile stand ich planlos im Wohnzimmer. Dann ging ich in die Küche und packte meine Tasche, die ich dort auf dem Küchentisch abgelegt hatte, und verließ die Wohnung.

Du bist bei deiner Mutter, oder?, schrieb mein Vater.

Nein, bin ich nicht, antwortete ich und war froh, nicht lügen zu müssen. Ich stand im Treppenhaus im dritten Stock.

Jo, du kannst nicht einfach abhauen!

Ich warf einen Blick auf mein Display und steckte mein Handy in die Tasche. Ich würde einfach nicht mehr antworten. Konnten die mich nicht alle mal in Ruhe lassen?

Weil ich nicht wusste, wo ich hingehen sollte, und ich nicht darüber nachdenken wollte, lief ich in der Gegend herum. Dieses Herumlaufen war nicht so ziellos, wie es vielleicht von außen wirkte, denn man tut ja nur selten etwas ohne Hintergedanken, auch wenn man meint, sie komplett abgeschaltet zu haben.

So kam es, dass ich mehr oder weniger auf direktem Weg bei Bettys Haus landete. Sie hatte auf meine ganzen Nachrichten nicht geantwortet. Das war normal; sie ließ ihr Handy meist irgendwo zwischen den alten Büchern, die ihr Vater überall in der Wohnung stapelte, herumliegen und musste es anrufen, um es wiederzufinden, falls es in der Zwischenzeit nicht leer geworden war.

Ich klingelte.

»Ja, bitte?«

»Betty, bist du's?«

»Jo, was machst du hier? Ich dachte, du hast ein Turnier!«

»Hätt ich auch ... aber ... kann ich reinkommen?«

Ich hörte ein Summen und betrat den Hausflur. Wenn man Betty besuchte, kam sie nie zur Tür, niemand kam zur Tür. Man musste selber den Weg durch den Flur in Bettys Zimmer finden, falls sie dort war. Sie konnte sich aber auch im Wohnzimmer aufhalten, ein dunkelgrün tapezierter Raum, in dem ein riesiges Ölgemälde hing, das eine Landschaft mit Gewitterstimmung zeigte. Betty lag auf dem Sofa unter dem Bild und blätterte einen alten Bildband durch.

»Alles Piranhas«, sagte sie. »Handgemalt. Hast du gewusst, dass Kubitschek ein brasilianischer Staatspräsident war?«

Ich konnte Bettys Gedankensprüngen nicht ganz folgen, ich hörte nur Kubitschek.

»Unser Nachbar?«

»Nein, Juscelino Kubitschek, 1902-1976. Aber ... warum bist du nicht beim Fußball? Ich dachte, ihr habt dieses Turnier?«

»Haben wir ja auch.«

»Oha! Hast du dich etwa verletzt?«

Ich schüttelte den Kopf und betrachtete die Fische, die die Seiten des großen Buches füllten. Im Moment standen sie auf dem Kopf, auch die Ziffern, mit denen sie durchnummeriert waren.

»Hast du eine Rote Karte bekommen?«

Ich zuckte mit den Schultern.

»Setz dich doch erst mal her. Guck, die Zeichnungen sind 200 Jahre alt!«

Eigentlich interessierten mich die Bilder nicht. Mir war auch egal, wer einst Staatspräsident von Brasilien gewesen war.

»Ich geh da nie wieder hin«, sagte ich.

»Zum Fußball?«, fragte Betty.

Ich seufzte.

»Hast du diesem Niclas mal ordentlich in die Eier getreten?«

Ich seufzte wieder.

Betty merkte, dass es ernst war.

»Was ist denn passiert? Erzähl!«

»Ach, es ist so furchtbar. Ich habe Niclas meinen Turnbeutel an den Kopf geworfen. Da war ein Marmeladenglas drin.«

»Oh. Hm. Er hat es verdient, nehme ich an.«

Ich schwieg.

»Aber er ist nicht tot, oder …?«

»Betty! Damit macht man keine Witze.«

»Ich mach auch keine Witze. Kann durchaus passieren. Aber ist natürlich unwahrscheinlich. Was hat er denn getan?«

»Er hat gesagt, dass die Mannschaft besser wäre, wenn ich nicht dabei wäre. Oder so ähnlich. Und er hat mich schon die ganze Zeit provoziert, nie abgespielt, das Übliche halt.«

Betty klappte das Piranhabuch zu. »Und dann bist du ausgerastet. Aber woher hattest du das Marmeladenglas?«

»Wir haben gestern Mirabellenmarmelade gekocht.«

»Mirabellenmarmelade? Wer ist ›wir‹? Und wieso bringst du Mirabellenmarmelade zum Fußball mit?«

So wie Betty das sagte, klang es fast witzig.

»Katrina und ich haben Marmelade gekocht. Das Glas war der Ersatz für die Trinkflasche.«

»Waaas? Du trinkst Marmelade?«

»Nein, das Glas war leer. Das heißt, ich habe Wasser reingefüllt, weil ich eben meine Trinkflasche nicht finden konnte.« Ich seufzte. »Ich hätte am Samstag nicht bei den Mädchen mitspielen sollen. Dann hätte ich dort meine Trinkflasche nicht vergessen, dann wäre ich nicht so k. o. gewesen und hätte diesen dummen Rückpass nicht gemacht.«

»Was auch immer du getan hast: Niclas hat es verdient. Er ist ein Arsch.«

Ja, Niclas war ein Arsch, sein Vater war ein Arsch, genau wie Sigis Vater und Sigi. Die Welt war voller Ärsche, es war einfach nicht auszuhalten. Ich erzählte Betty von der Prügelei der Eltern. Sie lachte sich krank.

»Das ist nicht lustig!«, schimpfte ich.

Betty verstummte. »Nein, leider nicht.«

Wir schwiegen.

»Was willst du tun?«, fragte Betty nach einer Weile, in der ich den Fisch auf dem Buchcover betrachtete. Er hatte einen vorgeschobenen Unterkiefer und sah aus, als würde er schmollen.

»Ich geh nie mehr hin.«

»Unsinn«, sagte Betty, ohne eine Sekunde nachzudenken.

»Du darfst dich jetzt nicht verstecken. Dieser AfD-Vater hat in eurem Verein nichts zu suchen.«

»Es ist nicht verboten, Mitglied dieser Partei zu sein.«

»Aber er darf nicht Ahmeds Vater beleidigen. Deine Tat hat ja nur aufgedeckt, was für Arschlöcher ihr im Team habt. Wo ist eigentlich dein Vater?«

Ich zuckte mit den Schultern.

»Warum kümmert er sich nicht um dich?«

»Er kümmert sich ja. Ich hab nur das Handy ausgeschaltet.«

»Er kümmert sich offenbar nicht. Sonst wärst du ja nicht hier bei mir. Wieso ist er nicht zu dir in die Kabine gekommen?«

»Er wusste ja nicht, wo ich hin bin.«

»Das ist ja wohl die albernste Begründung, die ich je gehört habe. Wohin geht jemand nach einem verunglückten Fußballspiel? In die Kabine. Und wo in aller Welt ist deine Mutter?«

»Keine Ahnung. Es ist ja heute nicht ihr Tag.«

Plötzlich fing ich an zu heulen. Ich hatte alles zerstört. Zu meinem Vater konnte ich nicht mehr, zu Blau-Weiß konnte ich nicht mehr und meine Mutter interessierte das alles nicht.

Betty machte sich währenddessen an meinem Handy zu schaffen. Sie kannte mein Passwort.

»Was tust du da?«, fragte ich, weil ich nur verschwommen sah.

»Ich werde deinem Vater schreiben, dass du hier bist«, erklärte sie.

»Nein, lass das!«

»Und deiner Mutter schreib ich das auch.«

»Nein, nicht!«, rief ich und griff nach meinem Handy. »Das darfst du nicht.«

Betty war aufgesprungen. »Doch, das darf ich. Ich bin deine Freundin und will dir helfen.«

»Du hilfst mir nicht!« Ich wollte Betty schubsen, aber ich erlahmte mitten in der Bewegung. Ich wollte den Arm nach dem Handy ausstrecken, aber ich erlahmte auch dabei. Ich hatte einfach keine Kraft und musste wieder heulen.

Erschöpft ließ ich mich aufs Sofa fallen. Betty setzte sich neben mich und strich mir über die Schulter. Wir berührten uns selten, Bettys Hand war weich und warm, zu warm eigentlich, denn in Bettys Wohnung war es stickig. Sie legte das Handy neben mich aufs Sofa.

»Gut, dann lass ich es. Aber sie machen sich bestimmt Sorgen«, sagte sie.

»Mein Vater sicher nicht.«

»Doch, bestimmt.«

»Ich hab alles kaputt gemacht.«

»Unsinn, du hast einen Turnbeutel geworfen. Das passiert auf jedem Sportplatz fünfmal am Tag. Nichts ist kaputt. Und wenn, dann war es das vorher auch schon. Es gibt Unmengen anderer Sportvereine in der Stadt.«

»Siehst du, du sagst auch, ich kann da nicht mehr hin.«

»Und wenn? In einem Jahr bist du vielleicht in der Sportschule und keinen interessiert es mehr. Komm, jetzt schreib deinen Eltern, dass du hier bist. Sie rufen sonst noch die Polizei.«

Ich wischte meine Tränen ab und nahm das Handy.

Bin bei Betty, tippte ich.

Keine fünf Sekunden später antwortete meine Mutter.

Gott sei Dank!

Mein Vater antwortete weitere sieben Sekunden später:

Soll ich dich abholen?

Ich zeigte Betty die Antworten.

»Was soll ich schreiben?«, fragte ich sie.

»Willst du, dass er dich abholt?«

»Weiß nicht.«

»Das Angebot klingt doch eher nett.«

»Schon …« Ich versuchte, zwischen den Zeilen zu lesen. Was bedeutete seine Frage? War darin die ganze Enttäuschung meines Vaters zu hören? Oder schwang eine Drohung mit?

Ich komme selber, antwortete ich.

Auf dem Weg zu meinem Vater ging es mir besser. Ich fühlte mich etwas hoffnungsvoller. Meine Eltern hatten sich gesorgt, mein Vater hatte nicht geschimpft.

Vielleicht konnte ich endlich mal allen erklären, dass Blau-Weiß einfach nicht der richtige Verein war, und vielleicht würden sie es verstehen, meine Mutter auf jeden Fall. Man musste es ja verstehen. Mein Leben bei Blau-Weiß war die Hölle. Eigentlich musste das auch mein Vater verstehen, genau wie der Verband und ... auch der DFB. Sie mussten das einfach verstehen.

Ich würde bei den Mädchen weiterspielen und alles würde gut. Ja, das würde ich zu Hause erklären.

Aber es kam alles anders.

Als ich die Tür zum Haus meines Vaters aufschloss, hörte ich Katrinas Stimme.

»Diese Marmeladen müssen da stehen!«

»Aber was soll ich mit ihnen? Ich esse sie ja nicht. Bring sie zu deiner Mutter.«

»Ich kann nicht 15 Marmeladengläser im Rucksack zu Mama tragen. Das sind mehr als 15 Kilo.«

»Dann soll dir Jo helfen.«

»Ha! Jo! Die hat mir ja nicht mal beim Kochen geholfen, weil sie mal wieder zum Fußball musste. Nein, ich räum die Gläser hoch, ganz da oben auf dem Küchenschrank ist ja noch Platz.«

Ich hatte die Haustür leise zugezogen, damit sie mich nicht kommen hörten. Auf keinen Fall wollte ich in Katrinas Schusslinie geraten. Eigentlich wäre ich am liebsten sofort wieder gegangen. Aber jetzt war ich schon drin. Ich blieb stehen und lauschte, was sich in der Küche tat.

»Hol doch lieber die Leiter, oder warte, bis Jo kommt. Dann macht ihr das zu zweit.«

»Auf Jo, diese dumme Kuh, warte ich nicht mehr. Nie mehr.

Ich mach das jetzt allein; ich steige einfach auf die Anrichte. Das geht dann schon.«

Eine Sekunde später ertönte ein Schrei, dann war ein Poltern zu hören und ein dumpfer Aufschlag. Danach war es etwa eine Sekunde lang totenstill.

Mein Vater schrie: »Katrina!«

Ich stürzte in die Küche.

Katrina lag auf dem Boden. Sie war dabei, sich aufzurichten, und hielt sich ihre linke Hand.

»Katrina!«, rief ich. »Was ist passiert?« Drei Marmeladengläser waren über den Boden gekollert, aber nicht zerbrochen.

Ich sah sofort, dass an ihrem Gelenk etwas nicht stimmte. Ihre Hand hing schlaff herunter.

»Mann, warum musstest du auch da hochklettern?«, schimpfte mein Vater.

»Du wolltest doch, dass die Gläser aus dem Weg sind!«, jammerte Katrina.

»Jetzt sag aber nicht, dass ich schuld bin. Ich hätte sowieso keine Marmelade gekocht.«

»Wenn du mich nicht mit der blöden Marmelade im Stich gelassen hättest, dann wär das nicht passiert, Jo!« Katrina konnte trotz ihrer Schmerzen, die sie sicher hatte, noch gemein sein.

Ich stand da und schaute von meinem Vater zu Katrina, die beide wiederum mich anschauten, Katrina bitterböse und etwas hilflos mein Vater.

»Meine Hand ist bestimmt gebrochen und den Auftritt in fünf Tagen kann ich vergessen. Wegen dir.«

Das war zu viel.

Ich wandte mich um und verließ, ohne ein Wort zu sagen, die Küche. Ich ging durch den Flur auf die Haustür zu, öffnete sie, trat über die Schwelle und schloss die Haustür hinter mir wieder leise.

Ich wollte zur S-Bahn.

Jetzt hatte ich es mir mit allen verdorben. Mein Vater war mir böse, weil ich mich aus dem Verein katapultiert hatte, meine Mutter würde mir böse sein, weil ich Katrinas Auftritt zerstört hatte. Und Katrina wollte vermutlich nicht mehr meine Schwester sein.

Wo sollte ich nun hin? Wieder zu Betty? Ja, das schien mir die beste Lösung. Wenigstens hatte ich noch Betty, die liebe, gute, lustige Betty.

Aber irgendetwas ließ mich zögern, und deswegen nahm ich zur S-Bahn nicht den direkten Weg, sondern bog eine Straße weiter hinten ab, vielleicht um noch Bedenkzeit zu haben, vielleicht weil sich das Gehen gerade angenehm anfühlte, besser jedenfalls als die Vorstellung, in der stickigen S-Bahn zu sitzen. Außerdem wollte ich nicht ankommen, nirgends, auch nicht bei Betty. Was wäre, wenn ich einfach immer nur weitergehen würde und schließlich berühmt würde als das Mädchen, das immer nur ging.

So wie dieses eine Mädchen, das einfach nur segeln wollte. Aber dieses Mädchen hatte eine ganze Armee von Helfern gehabt. Ihre Eltern hatten Geld. Das Fernsehen war dabei, und wo das Fernsehen war, war man nicht allein, da gab es auch keine Gefahr. Ich dagegen würde ziemlich allein sein.

Und trotzdem – ich wollte nur noch gehen, bis ans Ende der Welt.

Da fiel mir ein, dass die Erde eine Kugel war, die hatte gar kein Ende. Auch das Universum dehnte sich kugelförmig aus. Die Welt war eine Kugel wie ein Fußball, und ich war von den wenigen Schritten, die ich gegangen war, auf einmal sehr erschöpft.

GEGENWART : ZUKUNFT

Warum genau ich auf dem Weg zur S-Bahn die hintere Straße nahm, wusste ich nicht. Manche glauben ja an Schicksal, ich tat das nicht. Alles, alles, alles auf der Welt war Zufall.

Die hintere Straße führte an Kubitscheks Haus vorbei. Wirklich sehr selten ging ich so, denn erstens war es weiter und zweitens war mir der Kubitschek unheimlich.

Ich sah es gleich: Er stand im Vorgarten. Wieder trug er sein weißes, halb offenes Hemd, die weißen Leinenhosen und die Ledersandalen. Ich wäre am liebsten umgekehrt, doch er hatte mich schon gesehen und umkehren wäre peinlich gewesen. Also ging ich so gleichmütig, wie es mir in meiner momentanen Stimmung möglich war, auf sein Haus zu. Wäre ich doch wenigstens auf der anderen Straßenseite, dachte ich. So aber musste ich direkt an seinem Zaun vorbei.

Als ich mich seinem Grundstück näherte, trat er an sein Gartentürchen hin und sagte: »Stopp!« Er öffnete die Tür.

Ich blieb stehen, obwohl ich lieber weitergegangen wäre. Aber es war ein Reflex. Neben dem Kubitschek stand sein Hund Zico, hechelte wegen der wieder einmal unglaublichen Hitze und machte ein bekümmertes Gesicht. Ich kraulte seinen Kopf. Wir waren ja jetzt Freunde.

»Hast du kurz Zeit?«

»Äh ... ja.« Ich wagte nicht, Nein zu sagen.

»Gut, dann komm rein. Ich würde dir gern meine Piranhas zeigen.«

»Was ... äh?« Das Wort »Piranha« schien aus einer anderen Welt zu kommen. Aus der Welt vor meiner Tat und Katrinas Unfall, aus der Welt ohne Schuld.

»Na, meine Piranhas! Ich dachte, sie interessieren dich. Komm doch rein!« Der Kubitschek machte mit dem Arm eine einladende Geste. Dabei flatterte sein weiter Hemdärmel im Wind. »Nur kurz. Die Piranhas beißen nicht. Und ich auch nicht.« Jetzt flatterte auch eine Locke seines Bartes. Hinter seinem Haus ragten schwarze Wolken auf. Es waren Gewitter vorausgesagt mit Orkanböen und Starkregen.

Eigentlich folgte man fremden Männern nicht ins Haus, um etwas anzuschauen, das sie einem zeigen wollten, schon gar nicht dem Kubitschek. Er war unser Feind, er war ein Spinner, der seinen Garten in einen Urwald verwandelte und Piranhas hielt – aber trotzdem kam mir der Kubitschek nicht gefährlich vor. Er hielt mir das Gartentürchen auf und ich trat ein.

Sein Vorgarten sah ziemlich normal aus, wenn man von der

großen Araucarie und den unzähligen Bromeliengewächsen in Töpfen absah.

Ich folgte ihm ins Haus. Zico tappte hinter mir her.

Das Erdgeschoss bestand aus einer Küche und einem großen Raum, an dessen linker Wand eine Menge Bildschirme montiert waren, die alle Fußballspiele zeigten. Es sah aus wie in einem Wettbüro. Er zeigte auf einen Bildschirm weiter links.

»Der *Campeonato Brasileiro Série C*. Manaus gegen Botafogo.«

»Das kommt im Fernsehen?«

»Alles kommt. Dort siehst du die *Campeonato Nacional de Seniores*«

»Ist die Liga dort nicht schon beendet?«

Der Kubitschek kniff kurz die Augen zusammen, dann lächelte er und sagte: »Man sieht, du bist vom Fach. Ich habe alle Spiele gespeichert.«

»Alle?«

»Alle. Aller Ligen weltweit.«

»Das kann nicht sein. Das sind viel zu viele.«

»Aber genauso ist es.«

»Sicherlich wird nicht jedes Spiel gefilmt.«

»Doch, doch, natürlich geschieht das.«

Ich schüttelte den Kopf.

Der Kubitschek schien nicht weiter auf die Angelegenheit eingehen zu wollen. »Aber du bist nicht wegen des Fußballs hier. Meine Piranhas halte ich hinter diesem Raumteiler. Weißt du, Piranhas sind sehr schreckhafte Tiere, das Licht der Bildschirme würde sie verwirren.«

»Piranhas haben Angst?«

»Du musst dir vorstellen, dass sie oft in relativ trüben Gewässern leben. Sie verstecken sich gern.«

Er führte mich um den Raumteiler herum und jetzt sah ich das riesige Aquarium.

»Es enthält mehr als 2000 Liter Wasser und ist damit um einiges schwerer als der Wagen deines Vaters.«

Das Aquarium war dicht mit Pflanzen bewachsen. Grünlich drang das Licht durch die Fensterfront.

»Wozu halten Sie diese Fische?«

»Das ist eine gute Frage, die nicht leicht zu beantworten ist. Im Übrigen wechseln die Gründe. Im Moment würde ich sagen, ich halte sie für dich.«

»Für mich?«

»Damit du eines Tages hierherkommst und sie siehst. Und keine Angst mehr vor ihnen hast.«

»Ich hab keine Angst.«

»Doch, du hast große Angst: vor dem Unbekannten, dem Dschungel, der Hitze, dem Kampf, dem Schmerz, aber auch vor dem Überfluss. Vor deinem Talent, das du im Überfluss hast.«

Einer der Fische kam hinter einer Pflanze hervorgeschwommen. Er war rundlich und wirkte eher gemütlich – bis auf seinen leicht bockig vorgeschobenen Unterkiefer.

Eigentlich interessierte mich mein Talent im Moment gar nicht so sehr. Es war ja doch zu nichts nütze.

»Meine Schwester ...«

»Ach ja, deine Schwester ... Stimmt, sie ist vom Küchenregal gefallen und du fühlst dich schuldig. Es ist schwierig, so ein Gefühl wieder loszuwerden. Aber du bist daran nicht schuld, und vielleicht tröstet dich das: Katrina wird aufstehen und weitertanzen.«

»Woher …?«

»Ich weiß das eben. Sie hat so einen bestimmten Willen. Es gibt solche Menschen, die nichts davon abhält, die Dinge zu tun, die sie wollen.«

Dass Katrina nichts abhielt, war mir klar. Aber woher hatte er von dem Sturz gewusst? Hörte er uns ab? Hatte er bei uns Videokameras installiert?

»Manchen dagegen muss man ab und zu unter die Arme greifen.«

Wer waren »man« und »manche«?

Der Kubitschek fuhr fort: »Manche straucheln unterwegs oder drohen vom Weg abzukommen. Manchmal bedarf es eines Stupses in die richtige Richtung. Wie gesagt, du hast Talent im Überfluss. Die Frauen-Bundesliga sollte kein Problem für dich sein.«

Ich lachte laut auf. Bundesliga, was redete er? Jetzt war doch alles kaputt.

»Du musst nur weitergehen.«

»Wohin denn?«

»Deinen Weg.«

»Aber ich sehe ihn nicht. Es gibt keinen.«

Der Kubitschek hielt eine Hand vor das Aquarium, sodass ich den Piranha dahinter nicht sehen konnte.

»Den Fisch da siehst du auch nicht und dennoch gibt es ihn.«

Das leuchtete mir ein. Aber ein Weg war kein Piranha. Ein Weg war viel komplizierter. Das wusste ich ja schon vom Wandern auf Madeira, wo wir uns dauernd verlaufen hatten.

»Es hilft, das Ziel im Auge zu behalten, wenn man den Weg sucht.«

Ich dachte an Sprüche wie »Der Weg ist das Ziel«. Der Kubitschek war offenbar anderer Meinung. Das Ziel war das Ziel. Jedenfalls im Sport.

»Champions League«, murmelte ich. Ja, natürlich würde ich auch gern Weltmeister werden, aber darauf hatte man keinen Einfluss, denn man konnte einfach im falschen Land geboren sein wie Cristiano Ronaldo und Messi, aber auch Lewandowsky oder Ibrahimovic.

»Ich sagte ja schon«, erklärte der Kubitschek, »die Bundesliga ist kein Problem für dich. Ein Schritt nach dem anderen. Nur darfst du nicht vom Weg abkommen.«

»Ja ... aber wo ist der Weg?«

»Das weißt du selbst.«

»Ich weiß es nicht«, sagte ich verzweifelt.

»Doch«, sagte der Kubitschek. »Du weißt es. Wenn du möchtest, füttere ich jetzt die Fische.«

Ich schwieg. Ich wusste nicht, ob ich das mochte. Ich wusste nicht mal, ob ich noch eine Sekunde länger hierbleiben wollte. Trotzdem blieb ich stehen. Ich war froh, dass der Kubitschek das Thema gewechselt hatte. Woher wusste er eigentlich von Blau-Weiß? Oder waren bei ihm auch alle Jugendspiele aufgezeichnet? Ich fragte lieber nicht nach. Mein Handy klingelte.

Ich warf einen Blick darauf. Mein Vater. Ich ließ es läuten.

Der Kubitschek hatte das Klingeln entweder nicht gehört oder er reagierte nicht darauf. Er öffnete einen Kühlschrank und holte eine Plastiktüte mit zwei großen, dunkelroten Klumpen darin heraus.

»Rinderherz«, erklärte er und legte das Fleisch auf ein Brett, um es in Stücke zu zerschneiden.

»Meistens bekommen die Piranhas Fisch, aber ab und zu gibt es Herz, es ist reich an B-Vitaminen.«

»H…herz«, murmelte ich nur und sah zu, wie der Kubitschek mit dem großen, scharfen Messer hantierte. Zico, der die ganze Zeit brav am Boden gelegen hatte, sabberte.

»Piranhas zu füttern, ist eine Kunst für sich. Wenn man es nicht geschickt anstellt, beißen sie sich dabei gegenseitig.«

Ich stand da und wusste nicht, wo ich hinschauen sollte, auf die zerteilten Herzstücke, auf Kubitscheks Bart, in dem ein roter Spritzer hing, auf den Fisch, der hinter einer Wasserpflanze hervoräugte, oder auf den allerrechtesten Bildschirm, der trotz des Raumteilers noch zu zwei Dritteln zu sehen war. Obwohl der Bildschirm bestimmt sechs Meter von mir entfernt war, sah ich, dass es sich um ein Frauenspiel handelte, kein deutsches, wie ich an der Bandenwerbung erkennen konnte.

Ich kniff die Augen zusammen, um die Kürzel im rechten oberen Eck des Bildschirms besser lesen zu können. Hieß das OL? Also Olympique Lyon? Spielte da nicht Dzsenifer Maroszán? Aber das mit der Nummer 10 war nicht Maroszán, das war ja …

»Und es sind wirklich alle Spiele aufgezeichnet?«, fragte ich jetzt doch. »Auch die der Jugend?«

»Ja, alle. Du spielst wirklich gut.«

»Bei den Mädchen schon, aber nicht bei den Jungs.«

»Doch, natürlich! Ich kenne kein Mädchen, das so gut mit Jungs spielen kann.«

Der Kubitschek war immer noch mit seinen Rinderherzen beschäftigt. Einen Happen hatte er Zico hingeworfen, der ihn gierig verschlang.

»Das können Sie doch gar nicht wissen!«, rief ich empört aus. Es gab bestimmt Tausende Mädchen, die besser spielten als ich.

»Natürlich kann ich das wissen. Ich schaue mir ja alles an.«

»Alles?«

»Ja, *alles*, natürlich, sonst wäre mein Wissen ja unvollständig.«

»Aber dazu hat man doch keine Zeit ... ich meine, Sie müssen ja noch die Piranhas füttern und den Garten pflegen.«

»Ach, das mache ich nur nebenbei.«

»Stimmt, Sie sind Künstler ... sagt mein Vater.«

Der Kubitschek lachte. »Wenn er es so nennen will!«

»Ja, aber was sind Sie dann? Ich meine, Sie können ja kaum ins Büro gehen, wenn Sie alle Fußballspiele, ich meine ... hm ... das geht doch gar nicht. Und überhaupt finde ich es merkwürdig, dass Sie ausgerechnet meine Spiele so genau ansehen.«

»Bei manchen schaut man halt genauer hin. Ich kann mich zum Beispiel sehr gut an die Anfangszeit von Cristiano Ronaldo beim FC Andorinha erinnern ... einfach unglaublich, der Junge ... Hm, aber auch die kleine Dzsenifer Maroszán.«

Wieder blickte ich auf den Bildschirm. Da spielte Olympique

Lyon, aber wo waren Dzsenifer Maroszán, Wendie Renard oder Lucy Bronze? Dann sah ich eine Anzeige links unten in der Ecke. Es handelte sich um Spiel in der Champions League im Jahr 2026. Bestimmt ein Fehler, wahrscheinlich war 2016 gemeint. Trotzdem wunderte ich mich, dass ich keine der Spielerinnen kannte.

»Sie waren übrigens auch alle mal bei mir.«

»Wer?«

»Cristiano Ronaldo und auch Dzsenifer Maroszán.«

»Wie? Bei Ihnen?«

»Ja, natürlich.«

Ich schüttelte den Kopf. Der Kubitschek war doch verrückt. Ein Spinner, wie mein Vater sagte. Vielleicht war er doch gefährlich. Womöglich war das alles eine Falle und er wollte mich an seine Piranhas verfüttern.

»Ich glaub, ich muss jetzt gehen.«

»Ja, ja, natürlich. Aber du kennst jetzt den Weg?«

»Aus dem Haus?«

»Nicht diesen.«

»Welchen dann?« Mein Herz klopfte. Ich durfte mich nicht noch weiter in ein Gespräch verwickeln lassen, das war gefährlich. Der Kubitschek griff wieder nach dem Messer.

»Du weißt, wovon ich spreche!«

»Äh ... ja, aber ich muss jetzt wirklich ...« Ich war ungeduldig, und außerdem machte mich dieser Weg, von dem er dauernd sprach, wütend. Meinte er den Weg über Blau-Weiß? Da hatte er sich aber geirrt, der Kubitschek. Diesen Weg würde ich niemals gehen. Er war mir eine Horrorvorstellung. Ich hatte mir das die ganzen letzten Stunden so schön ausgemalt: Nie mehr in diese Schiedsrichterkabine zu müssen, nie mehr als Letzte gewählt zu werden, nie mehr von Niclas bedroht zu werden, nie mehr von Ron getreten zu werden, nie mehr von Eltern beschimpft zu werden. Einfach gemütlich beim FFC weiterzuspielen, die spielten ja Landesliga. Ich hätte wieder meine Freundinnen um mich, meine Eltern würden weniger streiten und Katrina weniger motzen.

»Gehen, ich weiß. Deinen Weg. Wege sind nicht immer bequem, denk daran. Aber ich glaube, das weißt du jetzt. Dein Trainer bei Blau-Weiß macht übrigens eine klasse Arbeit.«

»Ja, ja.« Ich machte drei Schritte rückwärts. Er sollte mich in Ruhe lassen. Was wusste er schon? Er war ja verrückt.

Nun hob er das Messer. Ich machte noch einen Schritt zurück.

»Oh, entschuldige bitte ... ich wollte dich nicht erschrecken.« Er legte das Messer weg. »Du wirst ankommen. Ich weiß es.«

Ich schwieg. Mein Blick fiel auf den Bildschirm mit dem Spiel von Olympique Lyon. Die Spielerin mit der Nummer 10 schoss gerade aufs Tor; es war ein Volleyschuss aus etwa zwölf Metern direkt in die obere rechte Ecke. Sie traf und riss jubelnd ihre Hände hoch. Mir fielen ihre komischen eckigen Schultern auf und ihr dünner Pferdeschwanz.

»Gar nichts wissen Sie. Sie spielen sich hier nur vor mir auf! Was wollen Sie eigentlich?«

Der Kubitschek lächelte und warf Zico ein Stück Herz zu.

SCHLAMM : FÖN

Ich weiß nicht, wie ich das Haus vom Kubitschek verlassen habe: rennend, stolpernd, keuchend, es war egal. Einigermaßen sicher fühlte ich mich erst, als ich in der S-Bahn saß.

Weil ich nicht nachdachte und weil ja alles auf der Welt Zufall war, war es Zufall, dass ich die Bahn Richtung Blau-Weiß nahm. Es gab ja nur zwei Richtungen: Weg von Blau-Weiß, hin zu Blau-Weiß; und die Bahn zu Blau-Weiß kam früher.

Natürlich hätte ich nicht bei Blau-Weiß aussteigen müssen. Ich hätte in der Bahn sitzen bleiben können und bis zur Endstation fahren können und von dort wieder zurück zur anderen Endstation, immer weiter bis Betriebsschluss.

Aber ich stieg bei Blau-Weiß aus. Es war schon früher Abend und das Gewitter, das vorhergesagt war, braute sich am westlichen Himmel zusammen.

Das Norbert-Harig-Turnier war längst zu Ende, die weißen Zelte waren abgebaut und nur noch der Platzwart war unterwegs, um die Rasensprenger zu kontrollieren. Ein Flugzeug von Turkish Airlines befand sich im Landeanflug, eine Boeing. Mein Vater hatte mir erklärt, man erkenne die Boeing an den Winglets, aber inzwischen wusste ich, es gab auch Boeings ohne Winglets und auch Airbusse mit Winglets, die bei Airbus aber anders hießen.

So etwas dachte ich, als ich das Gelände von Blau-Weiß rechts liegen ließ, denn natürlich wollte ich nicht zu Blau-Weiß, sondern zu meiner Mauer.

Im Westen grummelte ein Donner. Inzwischen waren die Gewitterwolken pechschwarz. Ich stieg den kleinen Trampelpfad hinauf und schaute mich um.

Niemand war hier außer drei älteren Jungs, die ganz rechts auf der Mauer saßen und rauchten. Ein Windstoß fegte eine leere Chipstüte über die Büsche hinweg. Ich setzte mich auf die Mauer und ließ die Füße baumeln.

Wieder landete ein Flugzeug. Die Lichter des Towers blinkten vor den dunklen Wolken. Obwohl immer wieder starke Windböen über die Mauer fegten, die mir Staub in die Augen bliesen, war es kein Grad kühler geworden.

Jetzt blitzte es, die drei Jungs lachten. Machten sie sich lustig über diesen Blitz, auf den erst sehr viel später ein leises Grollen folgte?

Mein Handy summte. Ich holte es aus der Tasche und las, was mein Vater geschrieben hatte.

Katrina hat sich das Handgelenk gebrochen. Wir kommen in circa einer Stunde zurück. Warum gehst du nicht ans Telefon? Wo bist du?

Ich steckte mein Handy wieder ein, denn ich konnte die Fragen nicht beantworten. Katrina hatte sich also das Handgelenk gebrochen. Das war schlimm. Doch das erste Mal heute hatte ich das Gefühl, daran nicht ganz allein schuld zu sein. *Sie* war auf die Anrichte gestiegen, *sie* hatte nicht auf meinen Vater gehört und *sie* war auf den Socken ausgerutscht. Dass ich sie mit der Marmelade hatte sitzenlassen, war gestern gewesen. Gestern!

Und wer sagte überhaupt, dass ich sie sitzengelassen hatte? Sie war kein Baby, das hilflos kochender Marmelade ausgeliefert war. Es hatte auch nie eine Absprache gegeben, dass wir beide zusammen das Marmeladenprojekt zu einem Ende führen würden.

Nur eines hatte ich getan: Ich war zum Fußball gegangen, weil es mein Beruf war. Wäre Katrina von der Ballettlehrerin angerufen worden, sie solle zu einer Probe kommen, sofort, wäre Katrina sofort zu der Probe gefahren. So war das eben bei uns.

In einer Stunde würden sie also wieder zurück bei meinem Vater zu Hause sein. Ich war froh, noch diese Schonfrist zu haben, aber dann, etwa in einer halben Stunde, würde auch ich dorthin fahren, um dort zu sein, wenn die anderen kamen, denn in einer Sache war ich mir sicher: Ich würde nicht noch einmal weglaufen.

Jetzt blitzte es wieder, stärker, die Jungs lachten nicht mehr und der Donner folgte nach dreieinhalb Sekunden, deutlich lauter als der zuvor. Wieder landete ein Flugzeug. Ich spürte die ersten Tropfen.

Einer der Jungs war aufgestanden und hielt sich seinen Rucksack über den Kopf. »Ey, Alter, ich werd nass.«

Die anderen lachten, dann rannten sie davon.

»Ey, Mädchen, du wirst nass!«, riefen sie mir zu und rannten über den Trampelpfad den kleinen Hügel hinunter, dass es staubte.

Natürlich wurde ich nass. Aus den wenigen Tropfen war innerhalb weniger Sekunden ein Wolkenbruch geworden, das

Wasser klatschte vom Himmel; sofort war ich patschnass. Unten fuhr ein Auto hupend vorbei. Gleichzeitig blitzte und donnerte es.

Vor mir blinkten die Lichter des Towers. Ich wandte mich um. Hinter mir war das Gelände von Blau-Weiß, eine für das Gedenkturnier gehisste Fahne hing schlapp herunter. Der Platzwart rannte über den Rasen, um sich bei der Tribüne unterzustellen. Ich dachte daran, wie er mir das erste Mal die Schlüssel für die Schiedsrichterkabine gegeben hatte, ich dachte an sein angebissenes Wurstbrot und ich dachte: Nein.

Nein, ich würde nicht mehr weglaufen. Ich würde mich entschuldigen und man würde mich nicht rausschmeißen. Alle wussten, dass Niclas ein Arsch war. Wenn ich nur wollte und mir Mühe gab, würde ich weiter bei Blau-Weiß spielen können, und es wäre ganz normal. Ich war das erste Mädchen im Verein und ich würde dort bleiben, bis ich alles gelernt hatte, was man für die Frauen-Bundesliga brauchte. Ja, das würde ich.

Der Trampelpfad hatte sich in einen Schlammbach verwandelt. Ich zog meine Flipflops aus und watete barfuß hindurch, doch ich rutschte aus und konnte mich gerade noch abfangen, ohne in die riesige Pfütze zu fallen, die der Schlammbach unten am Hügel gebildet hatte. Aber mein Handy war mir aus der Hand geglitten und im gelblich braunen Wasser versunken.

Ich streckte die Hand in die Pfütze und tastete fluchend nach meinem Handy. Mein Vater würde durchdrehen.

Ich stand also gebückt an einer Schlammpfütze zwischen der Mauer und der kleinen Stichstraße, mehr oder weniger verborgen von den Blättern der Büsche, als ich plötzlich angerempelt wurde.

Beinahe wäre auch ich in den Schlammbach gefallen, aber der Rempler war selber erschrocken, denn er hatte mit niemandem gerechnet, jedenfalls nicht jetzt, bei diesem Wetter.

»Hoppla!«, sagte der Rempler und ich wandte mich um.

Ich weiß nicht, wer mehr erschrak, Ron oder ich.

Rons Haare klebten an seinem Kopf genau wie meine und an seiner Nase hing ein Tropfen, seine Augen waren aufgerissen.

»Äh ... voll krass dieser Regen, mein Handy ist da reingefallen, stell dir vor!« Ich hatte mich als Erste gefangen und deutete auf die Pfütze.

»Da rein? Oh, shit!«

Das klang richtig mitfühlend. Und dann geschah das Unglaubliche: Ron bückte sich und steckte die Hand in die Pfütze und fischte darin herum.

»Hier oder weiter drüben?«, fragte er.

»Das müsste schon die richtige Stelle sein«, sagte ich.

Ron fischte weiter, während der Regen ohne Unterlass auf uns niederprasselte. Es hatte sich inzwischen etwas abgekühlt, der Boden war nicht mehr lauwarm, sondern so kalt wie das Wasser, das von oben kam.

»Mist, wie kann eine Pfütze so schnell so tief werden?«, fluchte Ron.

Ich bückte mich ebenfalls, damit er nicht allein suchen musste. Dabei berührten sich unter Wasser unsere Hände. Wir zogen sie beide ganz schnell zurück.

»Da!«, rief Ron. »Ich hab's!« Er hielt mein Handy hoch.

Ich griff danach.

»Schalte es gleich aus!«, riet er mir. »Das kann man noch retten, ist mir auch schon passiert. Du musst nur alle abnehmbaren Teile rausnehmen.« Er hielt seinen Rucksack schützend über meinen Kopf, sodass ich die Speicherkarte, den Akku und die SIM-Karte aus dem Handy nehmen konnte.

»Komm, dorthin.« Ron deutete auf einen Carport gegenüber. »Wir stellen uns da unter.«

Wir liefen hin, Ron immer noch den Rucksack über meinen Kopf haltend. Unter dem Carport angekommen, holte er aus dem Rucksack ein Papiertaschentuch und wischte mein Handy und auch die herausgenommenen Teile vorsichtig ab.

»Jetzt musst du alles trocknen lassen, auf jeden Fall ein paar Tage. Du kannst es auch ein bisschen föhnen. Es muss jedenfalls komplett trocken sein«, sagte er.

Ich sah zu, wie er mein Handy verarztete. Seine Fingernägel waren kurz, auch auf seinem Handrücken waren Sommersprossen. Er versorgte mein Handy sehr lange und sehr ausgiebig. Ich stand da und überlegte, was ich sagen sollte. Über was redete man mit einem Jungen, mit dem man sich bislang nur über dummes Zeug unterhalten hatte.

Doch Ron nahm mir die Gesprächsführung ab. »Hast du eine Plastiktüte?«, fragte er.

»Ich hab gar nichts«, sagte ich. »Nur mein Handy, den Schlüssel und die Monatskarte.«

Ron griff in seinen Rucksack und nahm die Papiertaschentücher – ich fand es bemerkenswert, dass ein Junge Papiertaschentücher mithatte – aus der Plastikhülle und steckte die Teile meines Handys hinein.

»So geht nichts verloren«, sagte er. »Und du hast wirklich keine Tasche dabei?«

»Nein.«

»Keinen Rucksack, nichts?« Irgendwie schien Ron es nicht fassen zu können, dass man fast ohne alles das Haus verließ.

»Nein, nichts.«

»Ein Beutel wäre schon gut. Auch wegen dem Handy. Sonst läuft innen noch Wasser rein, wenn du durch den Regen gehst.«

»Vielleicht hört es ja auf.«

Ron durchsuchte seinen Rucksack und fand eine zerknüllte Plastiktüte von *Penny* mit einem Paar weißer Sportsocken. Er nahm die Socken heraus, stopfte sie in den Rucksack und hielt mir die Tüte hin.

»Schau, da kannst du alles reintun. Es hört nämlich nicht auf.«

»Es hört nicht auf?«, fragte ich und nahm die Tüte.

»Sagt meine Wetter-App.«

Ich schwenkte die Tüte. Mir war das alles hier peinlich, obwohl Ron sehr nett war, aber vielleicht auch deswegen.

Gerade als ich mir die geeigneten Worte für einen Abschied überlegte, sagte Ron: »So ein Scheißturnier heute, oder?«

»Oh ... ja, das Turnier.«

»Ich sag dir was: Niclas hat das so was von verdient ...« Ron unterbrach sich, schulterte seinen Rucksack und trat hinaus in den Regen. »Aber jetzt muss ich gehen. Tschüss ... und dir alles Gute ...«

Ich dachte, wieso wünschte er mir alles Gute? Für was denn? Für meinen weiteren Lebensweg, weil wir uns nicht mehr sahen?

»Äh ... dir auch«, sagte ich, weil mir einfach nichts Besseres einfiel. Ob er meine Worte gehört hatte, wusste ich ohnehin nicht, denn er war schon ein Stück weg und es donnerte wieder.

Ich blieb unter dem Carport stehen und sah ihm nach, wie er im Regen der kleinen Stichstraße folgte, bis sie in eine größere Querstraße mündete. Dort bog er nach rechts ab.

Ich fror. Das Gewitter hatte sich verzogen, nicht aber der Regen. Mit meiner Plastiktüte ging ich zur S-Bahn.

Knapp 20 Minuten später schloss ich die Tür zu dem Haus meines Vaters auf. Dort setzte ich mich im Wohnzimmer aufs Sofa und wartete. Mir war immer noch kalt.

Schließlich hörte ich draußen eine Autotür. Und Stimmen. Die von Katrina, die meines Vaters und auch die meiner Mutter. Wahrscheinlich war sie auch ins Krankenhaus gefahren. Was würden sie sagen?

Jetzt hörte ich den Schlüssel im Schloss, das Quietschen der Tür und wieder die drei Stimmen, jetzt lauter. Kurz wünschte ich, woanders zu sein, doch da ging die Tür schon auf.

»Ach, da bist du ja!«, sagte mein Vater, der vorausging.

»Hi«, sagte Katrina weder besonders wütend noch besonders frustriert, aber auch nicht besonders freundlich.

»Jo!«, rief meine Mutter, kam auf mich zu und umarmte mich. »So ein Unglückstag heute, oder? Und so ein Gewitter! Das war aber auch mal nötig!«

Mein Vater ließ sich aufs Sofa fallen, auch Katrina setzte sich, nur meine Mutter blieb vor mir stehen. Sie wusste wohl nicht, wohin mit sich, denn sie war ja selten hier.

Verstohlen warf ich einen Blick auf Katrinas eingegipste Hand.

»Ja, so ein Unglückstag«, sagte meine Mutter noch mal. »Aber Katrina ist ja tapfer. Sie will bei der Aufführung trotzdem tanzen. Sie hat Frau Dangelmeier schon angerufen, und Frau Dangelmeier meint, wenn Katrina es sich zutraut ... Aber natürlich traut sich Katrina das zu, nicht wahr?«

»Das wird schon gehen«, sagte Katrina und wirkte dabei sehr gnädig, so als habe sie mir verziehen. »Auch Ron meint, es geht.«

»Wer?«, fragte ich, obwohl ich genau wusste, wen sie meinte.

»Na, der Neue. Mit dem hab ich bei der Aufführung einen Part, das Hip-Hop-Element. Ich hab es dir doch erzählt, oder vergisst du alles, was nicht mit Fußball zu tun hat?«

»Gar nichts vergesse ich, und natürlich erinnere ich mich, dass du mir das erzählt hast.« Ich erwähnte lieber nicht, dass sie keinmal den Namen des »Neuen« genannt hatte.

»Na, na, na, ihr werdet doch nicht schon wieder streiten«, sagte mein Vater. »Das war halt heut nicht unser Tag. Im Übrigen werde ich kündigen.«

»Was?«, fragte meine Mutter.

»Bei Blau-Weiß. Solche Arschlöcher dort!«

So schnell sich mein Vater für eine Sache begeistern konnte, so schnell konnte er sie auch wieder ablehnen. Eine Viertelstunde lang zog er über meine Mitspieler und deren Eltern her, und erst als Katrina aufstand, weil sie das Gespräch über Fußball langweilte, beendete er seine Tirade.

»Ja, wir kündigen!«, schloss mein Vater.

»Wenn du meinst«, sagte meine Mutter.

»Ja, das meine ich.«

Ich schwieg. Wieder dachte ich daran, wie sehr es mich erleichtern würde, nie mehr zu Blau-Weiß zu müssen. Ich würde einfach nie mehr hingehen und in einem halben Jahr hätten mich alle vergessen.

Nein, nicht alle. Jurek würde in Zukunft denken: *Nein, ein Mädchen will ich nicht mehr in der Mannschaft haben. Das ist mir zu schwierig.* Und manche in der Vereinsführung würden bei Anfragen von Mädchen sagen: *Nein, lieber nicht, damit haben wir schlechte Erfahrungen gemacht.*

Andererseits freute ich mich, dass meine Eltern erstmals seit langer Zeit zum Thema Fußball dieselbe Meinung hatten.

»Morgen schreib ich denen«, sagte mein Vater. Er sah hinaus auf seinen Rasen, der halb unter Wasser stand. Es schüttete und schüttete.

Schließlich hatte es doch zu regnen aufgehört.

Mein Handy hatte ich zum Trocknen auf den Schreibtisch gelegt. Während ich oben in unserem Zimmer Katrinas Sachen zusammensuchte und in ihre Tasche packte, saß sie auf dem Bett. Darunter lag immer noch der Zettel von Ron.

»Findest du ihn nett?«, fragte Katrina plötzlich, während sie das Poster von Cristiano Ronaldo betrachtete.

»Wen? Ronaldo?«

»Nein, den ohne ›aldo‹.«

»Wenn wir uns nicht gerade auf einem Fußballplatz begegnen, ist er ganz nett zu mir«, sagte ich schließlich.

»Ich wollte nicht wissen, wie er zu dir ist, sondern wie du ihn findest.«

»Hängt das nicht voneinander ab?«

»Magst du ihn also oder nicht?«

»Magst du ihn denn?«

»Du antwortest schon wieder nicht auf meine Frage.«

Katrina war wirklich schrecklich. Warum gab sie nicht zu, dass sie in ihn verliebt war? Warum quälte sie mich mit dummen Fragen? Und was interessierte es sie, ob ich Ron mochte?

»Er sagt, du seist echt krass«, sagte Katrina und strich über ihren Gips. Offenbar beharrte sie nicht mehr auf der Beantwortung ihrer Frage.

»Ich??? ›Krass‹ was???«, fragte ich, weil ich nicht wusste, wie das gemeint war. Krass blöd? Krass schlecht? Krass hässlich?

»Krass gut. Er sagt, du wirst sicher mal Nationalspielerin.«

»Ach ja?« Ich war verblüfft.

»Er sagt, er hätte noch nie so ein Mädchen gesehen.«

»›So ein Mädchen‹, ach. Von seiner Bewunderung hab ich aber auf dem Platz nicht so viel mitgekriegt.«

»Er wäre ja auch dumm, sich das anmerken zu lassen. Wer findet schon ein Mädchen *krass gut*, fußballerisch, meine ich?«

»Er ist auch krass gut«, sagte ich. »Tänzerisch.«

»Ja, ist er. Sonst hätte er den Part mit mir nicht einfach so bekommen.«

»Und wie findest du ihn denn?«, fragte ich.

»Na ja, er ist eben krass gut …« Sie lächelte selig vor sich hin.

Obwohl dieser schreckliche Tag noch zu einem passablen Ende gekommen war, konnte ich nicht einschlafen. Meine Eltern wollten kündigen – aber war ich selber nicht zu dem Schluss gekommen, dass ich bleiben wollte? Oder hatte ich da ohnehin nichts mehr zu sagen, weil mich der Verein längst rausgeschmissen hatte?

Ich wälzte mich im Bett herum. Je größer mein Wunsch war, sofort einzuschlafen, desto mehr musste ich nachdenken. Kündigung, Bleiben, Rausschmiss, Kündigung, Bleiben, Rausschmiss, so rotierten die Gedanken in meinem Kopf. Schließlich stand ich auf und ging ins Wohnzimmer, wo meine Mutter vor dem Fernseher saß und Bier trank. Ich setzte mich neben sie aufs Sofa.

»Ich kann nicht schlafen«, sagte ich.

»Wundert mich nicht. War ja allerhand los heute.«

»Weißt du, irgendwie will ich gar nicht, dass Papa kündigt«, sagte ich.

Meine Mutter antwortete nicht gleich. Sie selbst war ja nie für Blau-Weiß gewesen. Jetzt hätte sie bekommen, was sie wollte. Außerdem waren meine Eltern über die Kündigung einer Meinung gewesen. So eine Einigkeit durfte man nicht gefährden.

Doch meine Mutter sagte: »Ja, ich hoffe, er überlegt sich das noch mal … Man darf nichts Überstürztes tun … Es ist mal wieder typisch.«

Hatte sie am Anfang zögerlich und überlegend gesprochen,

hatte sie die letzten fünf Wörter sehr schnell gesagt. Wahrscheinlich würde sie gleich in den Floskelmodus verfallen.

»Immer dieses Schwarz-Weiß-Denken«, fuhr sie tatsächlich fort. »Erst hellauf begeistert von Blau-Weiß, dann plötzlich ist alles Mist dort ... Dieser Mann hat einfach kein Maß und kein Ziel!«

»Aber du wolltest doch auch kündigen«, warf ich ein.

»Weil ich natürlich erst mal empört war. Eine Prügelei unter Eltern ... unglaublich! Aber man muss doch darüber reden, mit Jurek, mit den anderen Eltern, mit dem Verein. Ich könnte mir vorstellen, dass da ganz andere Leute gehen müssten als du. Doch ich fürchte, dein Vater hat sich mal wieder einfach vom Acker gemacht.«

Schwarz-Weiß-Denken, kein Maß und kein Ziel, vom Acker gemacht, dachte ich.

»Ich werde ihn anrufen, gleich morgen Nachmittag«, fuhr sie fort. »Und dann gehen wir zusammen zu deinem Trainer und reden mit dem. Vielleicht hätte man das schon viel eher tun sollen, reden, meine ich.«

»Aber du bist doch gar nicht so glücklich damit, dass ich bei den Jungs spiele.«

»Es geht nicht darum, womit *ich* glücklich bin. Es geht um *dein* Leben, und ich sehe nicht ein, dass du, die du die ganze Zeit gemobbt wirst, diejenige sein musst, die geht. Da darf man nicht gleich aufgeben. Aber so ist dein Vater: Kaum gibt es Probleme, haut er ab. Deswegen hat er auch keinen Schulabschluss.«

Den letzten Satz hätte sich meine Mutter sparen können,

aber sie hatte recht. Jetzt aufzugeben war, wie bei einem 6:0-Rückstand nach der Pause nicht mehr aus der Kabine zu kommen.

Alles hing in der Luft.

Ich berichtete Betty in der Schule, was sich am Tag zuvor noch alles ereignet hatte, nur vom Kubitschek erzählte ich nichts. Ich weiß nicht, warum, vielleicht weil die ganze Begegnung zu absurd gewesen war. Alle Fußballspiele seien aufgezeichnet, von wem denn? Von der CIA? Aber interessierte man sich in den USA überhaupt für Fußball? Und dann der Kontakt zu Cristiano Ronaldo und Dzenifer Maroszán! Dass sie hierherfuhr und in einer piefigen Stadtrandsiedlung einen verrückten Piranhazüchter aufsuchte, war ja vielleicht irgendwie möglich, aber Cristiano Ronaldo? Der konnte doch gar kein Deutsch!

In der Pause gingen Betty und ich den ganzen Vorfall, angefangen mit dem Marmeladekochen am Samstag bis hin zu meinem Marmeladenglaswurf, noch einmal in allen Einzelheiten durch. Wir erwogen meine Schuld und die Schuld der anderen.

»Es war einfach eine Verkettung von vielen dummen Umständen«, sagte Betty. »Im Prinzip ist an allem diese unglaubliche Hitze schuld, denn wäre es nicht so heiß gewesen, hätte die Trinkflasche nicht diese Bedeutung bekommen und außerdem wären die Mirabellen nicht so früh reif gewesen.«

»Das Wetter war also schuld?«

»Der Klimawandel!«

Ich musste lachen. Betty lachte auch.

»Außerdem findet Otto, Niclas hätte es verdient«, sagte sie schließlich.

»Das sagt er?«

»Ja, schau, er hat es geschrieben.« Betty holte ihr Smartphone heraus. Sie tippte darauf herum, dann rief sie: »Alter! Uuuuh! Das ist krass!«

»Was ist krass?«

»Guck dir das Video an! Hat mir Otto vorhin geschickt.«

Ich schaute auf Bettys Display.

Im Video war zu sehen, wie Herr von Staden zu Boden ging und Rons Vater sich dem Ackermann zuwandte. Der fuchtelte hysterisch mit den Armen: »Hilfe! Der bringt mich um!«, schrie er, und Mishas Vater, den ich als sehr freundlich und nett in Erinnerung hatte, ging dazwischen und versuchte Rons Vater zu beruhigen, der inzwischen brüllte: »Ihr miesen Anzug-Nazis macht mir nicht mein Blau-Weiß kaputt!« Dann schob sich jemand vor die Kamera und das Video brach ab.

»Wer hat das gefilmt?«, fragte ich.

Betty zuckte mit den Schultern. »Anzug-Nazi, sagt er, haha.«

»Das ist Rons Vater.«

»Echt? Er sieht aus wie ein Wikinger. Fehlt bloß der Helm. Guck mal, seine Tattoos!«

Rons Vater hatte wirklich sehr viele Tattoos. Irgendwie passte er zu Ron, aber irgendwie auch nicht.

Die Pausenglocke klingelte. Der Schultag ging auf sein Ende zu. Nur noch Mathe, dann Mittagessen, dann Bio, dann nach Hause. Mir graute vor dem Nachmittag. Meine Mutter wollte mit meinem Vater telefonieren. Vielleicht würde es Streit geben, vielleicht war ich längst aus dem Verein geschmissen worden.

Ich lag auf meinem Bett und schaute die Wand an. Warum hatte ich nur so ein farbloses Grün gewählt? Ich wünschte mir Knallgrün, nicht so ein schlappes Lindgrün, das stand ja für alles, was ich war oder nicht war: kein richtiges Mädchen, kein richtiger Fußballer, Wischiwaschi von vorn bis hinten, das fing mit meiner Haarfarbe an und endete bei meinen schwächlichen Torschüssen. Ich drehte den Kopf weg von der Wand, weil ich merkte, wie alles immer schlimmer wurde.

Als ich meine Mutter heimkommen hörte, tat ich so, als hörte ich sie nicht, setzte meine Kopfhörer auf und drehte Musik an. Bloß mit niemandem reden müssen. Bloß nicht hören, was sie tat oder sprach. Und sprechen würde sie, weil sie vermutlich gleich meinen Vater anrufen würde. Meinen Vater und dann Jurek, der ihr womöglich sagen würde, ich sei rausgeschmissen.

Doch auch die Musik störte mich: Was hatte ich für bescheuerte Musik auf meinem Handy! Alle anderen hatten bestimmt bessere, Ron zum Beispiel und Katrina sowieso. Ich nahm die Kopfhörer ab und hörte die Stimme meiner Mutter durch die Küchentür.

»Wir wollen doch beide das Gleiche!«, sagte sie. Meine Mutter telefonierte also tatsächlich schon mit meinem Vater.

Sie sagte: »Man muss nicht immer das Schlimmste vermuten.«

Pause, dann: »Das mit dem Glas war ein Unfall. Wäre in dem Beutel ein Handtuch gewesen, wäre NICHTS passiert.«

Pause, dann: »Ja, ich finde, Mädchen sollten mit Mädchen spielen. Aber wenn es eben die einzige Möglichkeit ist, sich fußballerisch weiterzuentwickeln, dann muss man eben diesen Weg gehen. Da bin ich ganz pragmatisch. Ein Wort, das du ja nicht kennst.«

Pause, dann: »Tschuldigung. Stimmt, wir wollten uns keine Vorwürfe machen.«

Pause, dann: »Hast du mit Jurek gesprochen?«

Sehr kurze Pause, dann: »Soll ich das lieber machen?«

Noch kürzere Pause, dann: »Gut, dann ruf ich ihn an.«

Etwas längere Pause, dann: »Na, dass ich das noch erleben darf: Du bedankst dich bei mir!«

Daraufhin Ruhe. Kein Streit.

Meine Mutter würde sich um alles kümmern, wie sie sich immer um alles kümmerte, wenn es schwierig wurde. Später erzählte sie mir, dass sie einen Gesprächstermin mit Jurek für Mittwoch vereinbart hatte.

Am Mittwoch fuhren wir mit dem Auto zum Verein, mir war schlecht vor Angst und es war heißer denn je. Trotz Klimaanlage waren die Nackenhaare meiner Mutter nass und mein Vater hatte dunkle Schweißflecken auf seinem hellblauen Hemd, als wir aus dem Auto stiegen. Wir gingen an der Bronzefigur von Norbert Harig vorbei. Wäre der nicht so blöd gestorben, hätte es nie dieses Turnier gegeben. Das blaue Vereinsgebäude leuchtete in der Sonne. Ich glaube, meine Mutter war das erste Mal hier.

»Die Flugzeuge sind ganz schön laut«, sagte sie. »Stört euch das nicht?«

»Man gewöhnt sich dran«, sagte ich.

»Das ist eine Boeing 737«, sagte mein Vater.

»Starten ist lauter als Landen«, sagte ich und sah dem Flugzeug nach, wie es schnell an Höhe gewann. Säße ich da doch drin, dachte ich. Weg, weit weg, meinetwegen sogar in den Urwald, nach Manaus.

Doch ich hatte beschlossen, da hindurchzugehen, durch dieses Gespräch und durch alles, was noch kam. Irgendetwas würde jetzt geschehen, aber ich würde nicht davonlaufen.

»Ich weiß gar nicht, ob es Sinn hat, mit denen zu reden«, sagte mein Vater. »Blau-Weiß will eben keine Mädchen.«

»Das haben wir doch schon diskutiert. Blau-Weiß ist ein solider Verein mit guter Jugendarbeit«, sagte meine Mutter. »Und Jurek hat sich Jo gegenüber immer korrekt verhalten, oder nicht, Jo?«

»Doch, doch.«

»Wir hätten einfach kündigen können«, sagte mein Vater. »Was soll man reden? Die Sache ist eh gelaufen.«

»Wie ›gelaufen‹?«, fragte ich.

»Ach, ich weiß nicht. Aber ...«

»Jetzt sei du mal still«, sagte meine Mutter. »Geunkt wird nicht. Es ist alles offen und manchmal muss man eben reden. Man kann nicht immer einfach kündigen und dann gehen.«

Mein Vater grummelte vor sich hin. Dann hatten wir zum Glück das Vereinsgebäude erreicht. Drinnen vor der Glasscheibe des Platzwarts warteten wir schweigend auf Jurek.

Er kam nicht allein, sondern hatte den Jugendwart mitgebracht. Mein Mund wurde trocken vor Angst. Wieso hatten wir nicht einfach gekündigt, wie es mein Vater vorgeschlagen hatte?

Wir gingen wieder in den Raum, in dem auch mein Aufnahmegespräch stattgefunden hatte. Nur waren diesmal zwei Personen mehr dabei.

Als wir uns an den Tisch setzten, machten die Stühle auf dem Boden hässliche Geräusche; das Geräusch war mir beim ersten Mal gar nicht aufgefallen: etwas zwischen Quietschen, Kratzen und Schaben, ein Geräusch aus der Fußballhölle, da war ich mir sicher.

Der Jugendwart räusperte sich. »Da ist ja einiges passiert am Sonntag«, sagte er. »Eure Mannschaft ist Letzter geworden bei diesem Turnier. Das ist in der ganzen Vereinsgeschichte bisher nicht vorgekommen.«

»Das ist aber nun nicht der Grund für dieses Gespräch«, sagte Jurek. Er hatte rote Flecken auf den Wangen. Ich kannte das bei ihm; es bedeutete, dass er Stress hatte.

»Aber es zeigt die Probleme in diesem Team«, sagte der Jugendwart.

Jurek nickte; er wirkte beschämt, so als sei er schuld an dem Desaster, und vielleicht war er das ja auch irgendwie. Zumindest war er der Verantwortliche. Das erste Mal kam mir der Gedanke, dass die Ereignisse nicht nur für mich Konsequenzen haben könnten.

»Wir dulden keinen Ausländerhass oder sonstige Diskriminierung auf dem Gelände von Blau-Weiß«, sagte er. Er schaute auf den Boden, genauer gesagt in Richtung Fußbodenleiste. Vielleicht stand dort ja auch etwas, FLY HIGH zum Beispiel.

»Genauso wenig können wir natürlich Gewalt dulden«, sagte der Jugendwart. »Blau-Weiß legt Wert darauf, dass Probleme durch Gespräche geregelt werden.«

Jetzt räusperte sich Jurek. »Ja, und deswegen haben wir beschlossen …«

Ich wünschte, die Zeit anhalten zu können. Gleich würde er kommen, der Rausschmiss. Noch nie im Leben war ich rausgeschmissen worden.

»Ja«, fuhr Jurek fort. »Wir haben entschieden, dass du eine Woche vom Training ausgeschlossen bist und dass du in der Folge drei Wochen für den Ballsack verantwortlich bist. Ja, hm … genau …« Er schaute wieder zur Fußbodenleiste.

Alle schwiegen. Ich wagte keinen anzusehen, denn ich wusste nicht, was ich für ein Gesicht machen sollte. Ich wusste auch nicht, was ich sagen sollte. Eine Woche ohne Training war ja eher eine Belohnung bei der Hitze, und den Ballsack, den trug ich eh schon meistens. Also sagte ich lieber nichts und machte ein möglichst betretenes Gesicht. Meine Eltern schwiegen ebenfalls.

»Das war es ja wohl, über was ihr mit uns reden wolltet, oder?«, fragte endlich Jurek.

»Ja, natürlich«, sagte meine Mutter. »Genau darüber haben wir reden wollen.«

»Gut«, sagte Jurek und ruckte mit dem Stuhl. Wieder entstand das hässliche Geräusch, doch es kam mir nicht mehr ganz so höllenhaft vor. »Willst du noch was dazu sagen, Jo?«

»Ich?« Auch ich ruckte mit dem Stuhl. Das erste Mal hob ich den Kopf. »Äh, nein ... nur dass es mir leidtut. Das mit Niclas, meine ich.«

»Ach ja, das habe ich vergessen«, sagte Jurek. »Du musst dich natürlich bei ihm entschuldigen.«

»Natürlich«, sagte meine Mutter. »Natürlich muss sie das.« Sie schaute mich an.

»Ja«, sagte ich. »Ja, natürlich.«

»Aber man muss schon sagen, dass Niclas ...«, begann mein Vater. Ich hatte mich ohnehin schon gewundert, dass er bisher geschwiegen hatte.

»Pssst«, unterbrach ihn meine Mutter. »Jo entschuldigt sich. Fertig.«

»Gut«, sagte Jurek.

»Aber«, begann mein Vater wieder. »Es ist ja wohl nicht allein Jo ...«

»Sven!«, fuhr meine Mutter dazwischen. »Das ist jetzt nicht der Punkt.«

Mein Vater machte ein beleidigtes Gesicht.

»Danke, dass Sie sich Zeit genommen haben«, sagte meine Mutter zu Jurek und zum Jugendwart.

»Ja, manche Dinge muss man eben ordentlich besprechen«, sagte der Jugendwart und schaute auf die Uhr. »Aber jetzt muss ich gehen, die E2 wartet auf mich.« Geschäftig steckte er sein Handy ein, das er auf den Tisch gelegt und während des ganzen Gesprächs nicht aus den Augen gelassen hatte.

Auch Jurek stand auf. Wir gaben uns alle die Hand, der Jugendwart hatte es plötzlich sehr eilig. Er war schon weg, als sich Jurek an meine Mutter wandte. »Schön, dass ich Sie auch mal kennenlerne. Ihre Tochter hat wirklich viel Talent und sie ist sehr schnell. Nicht nur hier, sondern auch da.« Jurek zeigte an die Stirn. »Und ihr Zweikampfverhalten, da können sich die Jungs was abschauen, wirklich. Sie ist ein echter Gewinn für die Mannschaft.«

»Sag ich doch schon immer«, quatschte mein Vater dazwischen.

Ich stand da und schaute zur Fußbodenleiste. Ich wusste, das konnte nicht sein, aber für einen Moment meinte ich die Worte FLY HIGH dort zu sehen.

FAN-SCHAL : PAILLETTEN

Wir hatten uns fein gemacht und ich trug sogar ein Kleid. Ich hatte es zusammen mit meiner Mutter gekauft, und sie hatte sich gefreut, mal etwas anderes kaufen zu können als immer nur Fußballschuhe. Das Kleid war hellgrün, eigentlich ein bisschen wie meine Wand, aber meine Mutter fand, es passe zu meinen Augen. Auf ihren Geschmack, das wusste ich, konnte ich mich verlassen. Es passte wie angegossen und seine Ärmel aus einem dünnen, durchscheinenden Stoff verdeckten meine komischen, eckigen Schultern.

Mein Vater holte uns mit dem Auto ab und wir fuhren zu

dritt zum Theater. Katrina war ja längst dort. Sie war den ganzen Morgen in der Wohnung herumgesprungen und hatte immer wieder von Neuem ihre Schminksachen sortiert.

Auch mein Vater schien aufgeregt. Er trug einen schwarzen Anzug und eine schwarze Krawatte.

»Willst du zu einer Beerdigung?«, hatte meine Mutter gefragt, als wir zu ihm ins Auto stiegen.

»Das trägt man jetzt so«, antwortete mein Vater. »Wurde mir im Laden gesagt. Ist ja alles ganz neu.« Trotz Klimaanlage standen ihm Schweißtropfen auf der Stirn, und er brauchte drei Versuche, um rückwärts einzuparken.

Die Vorstellung war dann einfach grandios.

Katrina trug ein hellblaues Kostüm voller Tüll und Glitzer; ihre Schiene am Arm fiel kaum auf. Sie tanzte wie eine Primaballerina, fand ich und auch mein Vater war hingerissen.

Und dann kam Ron und er war phänomenal. Er verkörperte einen rot gekleideten Bösewicht, der Katrina entführte, die eine verwöhnte Prinzessin spielte. Er wirbelte herum und mischte seine »Moooves« in die eher klassische Aufführung.

Am Abend zuvor hatte mir Katrina erzählt, dass er drei Jahre heimlich tanzen musste und von seinem Taschengeld heimliche Tanzstunden bezahlte, weil seine Eltern nichts davon erfahren durften. Sein Vater nicht, weil er *absoluter* Fußballfan sei, und seine Mutter nicht, weil sie behauptete, Tanzen sei nur was für Schwule.

Immer wieder warf er einen Blick zu seinen Eltern, die neben uns saßen. Der Vater trug einen schlecht sitzenden Anzug mit Fan-Schal von Blau-Weiß und die Mutter einen kurzen

Rock über gemusterten Leggins. Lynn zupfte ständig an den Pailletten ihres rosa Kleides. Immer wenn Ron seinen »Moooove« machte, flüsterte sie: »Das ist er, das ist er, das ist er, das ist er.«

»Sssst. Was ist er?«, flüsterte die Mutter.

»Der ›Moooove‹, der ›Moooove‹!« Lynn machte die Bewegung nach.

»Mann, wenn du dich nicht gleich ruhig hinsetzt, fliegst du raus!«, zischte die Mutter.

Kritisch beäugte sie jeden Schritt von Ron und der Vater hustete immer wieder in seinen Fan-Schal. Doch als Ron und Katrina schließlich zusammen tanzten – die verwöhnte Prinzessin hatte sich in ihren Entführer verliebt –, schmolzen sie dahin.

Als die Aufführung endete, sprangen sie auf und klatschten stürmisch Beifall.

Lynn schrie: »Ron, Ron!«, und die Mutter rief allen Umsitzenden zu: »Das ist mein Junge! Das ist mein Junge.«

»Unser«, murmelte der Vater und schob seinen Fan-Schal ein wenig beiseite. »Und eigentlich spielt er Fußball.«

»Hat es Rons Eltern gefallen?«, fragte Katrina nach der Vorstellung. Wir waren alle zur Premierenfeier eingeladen. Ein Büfett war in den Räumen hinter der Bühne aufgebaut und die Erwachsenen stießen mit Sekt an. Rons Eltern jedoch waren nach Hause gegangen.

Katrina stand bei uns und nippte am Sekt meines Vaters. Ron räuberte am Büfett.

»Aber warum sind sie gegangen? Hat es ihnen nicht gefallen?«

»Doch, doch, sie haben wie verrückt geklatscht. Ich glaube, sie sind wegen Lynn gegangen. Sie ist ja noch klein.«

»Hm, ach so. Ich dachte schon ...«

»Nein, nein, es hat ihnen wirklich super gefallen! Lynn hat immer ›Ron! Ron!‹ geschrien, und seine Mutter hat allen, die es wissen wollten oder nicht, erzählt, dass Ron ihr Sohn sei.«

»Tatsächlich? Hat sie das?«

»Ja, sie war wirklich hin und weg.«

Katrina wirkte erleichtert.

»Weißt du, ich glaube, sie haben gar nicht gewusst, was Ron kann«, sagte ich, »aber am besten hat ihnen gefallen, wie *ihr zwei* miteinander getanzt habt. Man hat gespürt, dass ...«

Ich brach ab. Ich wusste ja gar nicht, ob das so war. Vielleicht waren die beiden auch nur gute Schauspieler.

Doch ich sah, wie Katrina lächelte. Sie lächelte auf eine Weise, die ich an ihr noch nie gesehen hatte. Katrina hatte ihr Ballettlächeln, und sie hatte ein triumphierendes Lächeln, wenn sie mal wieder recht hatte. Sie hatte ein fieses Lächeln, wenn sie gegen mich im *Mensch-ärgere-dich-nicht* gewann. Sie hatte auch ein schmeichelndes Lächeln, wenn sie etwas von mir wollte. Aber dieses Lächeln hier war anders, es war selig.

Das gab mir einen kleinen Stich, doch nur einen kleinen, denn sie war für Ron die Richtige und ich wäre die Falsche für ihn gewesen. Ich hatte im Moment keine Zeit für die Liebe. Fußball war mir viel, viel wichtiger.

Am Sonntag fuhren wir zu meinem Vater. Ich kickte ein wenig auf dem Rasen herum, als plötzlich mein Vater herauskam und sagte: »Ich glaub, der Kubitschek zieht weg.«

»Waaas?«, fragte ich, ziemlich verblüfft.

»Ich hab vorhin mal rübergeguckt.« Er deutete auf ein Fernglas auf dem Terrassentisch. »Von eurem Zimmer sieht man ja sein Küchenfenster. Es stand offen und drinnen hab ich Möbelpacker gesehen.«

Ich schüttelte den Kopf. Was spionierte mein Vater dem Kubitschek hinterher?

»Gott sei Dank, den sind wir los.«

Weil ich nicht recht glauben konnte, was mein Vater erzählte, ging ich in die Straße, die zum Kubitschek führte.

Tatsächlich: Vor seinem Haus stand ein riesiger Möbelwagen, Umzugshelfer schleppten die Bildschirme hinaus; eine Weile stand ich stumm am Zaun und wartete darauf, dass das Aquarium herausgetragen würde oder dass ich den Kubitschek sah. Aber ich hörte nicht mal das Bellen von Zico. Schließlich sprach ich einen der Umzugshelfer an, der einen sehr großen Bildschirm trug. »Wo ist denn der Herr Kubitschek?«

»Wer?«

»Na, der, der wegzieht.«

»Ach, der. Der ist schon weg.«

»Wo ist er denn hin?«

»Das weiß ich nicht.«

»Und wo kommen die Möbel und die Bildschirme hin?«

»Also, da musst du schon meinen Chef fragen.« Damit ließ er mich stehen.

Ich schaute dem Treiben noch eine Weile zu und fragte mich, was mit dem Urwald im Garten geschehen würde. Würde ihn der nächste Hausbesitzer pflegen oder würde er alle Pflanzen rausreißen und durch einen englischen Rasen ersetzen?

»Und wer ist Ihr Chef?«, fragte ich, als er das nächste Mal mit einem Bildschirm vorbeikam.

»Der da drüben!« Der Möbelpacker zeigte auf eine Person, die an den Laster gelehnt stand und das Treiben der Möbelpacker überwachte und jeden Bildschirm auf einer Liste abhakte. Er trug ein weißes Polo-Shirt, blaue *adidas*-Trainingshosen und Badelatschen. »Du kannst ihn ja mal fragen, falls er dir antwortet. Er spricht nämlich nicht mit jedem.«

Der Mann sah weder besonders unsympathisch noch besonders abweisend aus; er wirkte konzentriert und wischte sich ab und zu mit seinem Unterarm den Schweiß von der Stirn. Aber irgendwie zögerte ich, ihn zu fragen. Es ging mich ja schließlich überhaupt nichts an. Der Möbelpacker ließ mich stehen.

Offenbar war ich seinem Chef aufgefallen, vielleicht weil ich den Möbelpacker von der Arbeit abhielt.

»He, du!«, rief er mir zu.

Ich sah hin. Der Mann winkte und machte mir ein Zeichen, näher zu kommen. Vorsichtig näherte ich mich. Der Mann hatte etwas Unheimliches, Rätselhaftes an sich; ähnlich wie der Kubitschek.

»Du bist doch Jo, oder?« Er streckte mir die Hand hin. Woher kannte er meinen Namen?

»Angenehm, Gabriel.«

»Guten Tag, Herr Gabriel.«

»Heiß heute, nicht wahr?«

»Ja.«

»Die Möbelpacker schwitzen ziemlich.«

»Mh-mh.«

»Ich soll dich übrigens vom Herrn Kubitschek grüßen.«

»Oh danke ... Aber wo zieht er denn hin?«

»Die Arbeit ruft. Er muss weiter. Schließlich hat er viel zu tun.«

»Ja, natürlich.«

»Und so ein Umzug ist auch immer keine ganz leichte Sache.«

»Ja, sicher, die ganzen Bildschirme.«

»Da sagst du was, aber die braucht er eben für seine Arbeit.«

»Was ... für eine Arbeit ... ist das eigentlich?«

Herr Gabriel lächelte. »Na, dir kann ich's ja sagen. Er arbeitet als Fußballgott.«

Jetzt grinste er fast.

Ich begann zu schwitzen. Die Sonne stach auf mich herunter und mir wurde ein wenig schwindlig. Wir waren spät schlafen gegangen, gestern. Und vorgestern auch.

»Deswegen müssen wir uns jetzt ein bisschen ranhalten«, sagte Herr Gabriel und ging zu einem Möbelpacker, der zwei Bildschirme auf einmal trug. »Denn als Fußballgott hat man viel zu tun ... Nummer 44 und 45, wenn ich mich nicht irre?«

»Ja, Chef«, sagte der Möbelpacker.

Ich wandte mich um, rief: »Ja, dann tschüss und noch guten Umzug!«, und rannte davon.

Zu Hause legte ich mich auf mein Bett und versuchte, an nichts zu denken.

Als ich nach einer Woche das erste Mal wieder beim Training war – die Jungs schienen weder von meiner Abwesenheit noch von meiner jetzigen Anwesenheit besonders überrascht zu sein –, fiel mir auf, dass Niclas, Sigi und Ron fehlten.

Die Hitze brannte weiter, das Gewitter schien Jahrhunderte her zu sein. Wir gingen vom Vereinsgebäude an Norbert Harig vorbei zum Platz. In der flimmernden Luft schwebte Staub. Wie immer wurden Trinkflaschen hochgeworfen, geschubst und diskutiert, diesmal ob Nagelsmann oder Hasenhüttl, Korkut oder Dardai als Trainer besser waren ... Ich schleppte den Ballsack und hörte nur zu.

Dass Ron nicht da war, war ja klar. Aber dass Niclas und Sigi fehlten, brachte mich durcheinander. Ich hatte mir meine Entschuldigung sorgsam zurechtgelegt, dass er nun nicht kam, erleichterte mich einerseits, andererseits wurde dadurch nur alles verschoben.

»Wo ist denn Niclas?«, fragte ich also Otto, der mir am nächsten stand.

»Ach, weißt du das gar nicht? Der Niclas kommt nicht mehr.«

Ich wusste nicht, wie ich diese Bemerkung einschätzen sollte, außer dass ich im ersten Moment froh war, mich nun nicht mehr entschuldigen zu müssen.

Otto fuhr fort: »Er ist jetzt beim 1. FC. Ich glaube, Blau-Weiß war ihm nicht mehr gut genug.«

»Ja«, mischte sich Ahmed ein. »Einfach gekündigt und weg. Hat sich nicht mal verabschiedet.«

»Halt typisch Niclas«, sagte Misha.

»Und Sigi?«, fragte ich.

»Haha, der spielt jetzt Golf!«, antwortete Ahmed und machte diese Bewegung vor dem Abschlag: Irgendwie komisch mit dem Po wackeln und dann ausholen. »Und weißt du schon das Krasseste? Ron geht ins Ballett!«

Ahmed erhob sich auf die Zehenspitzen und versuchte ein Plié. Dabei kippte er gegen Kuno, der auch umkippte. Beide zusammen fielen auf den staubigen Boden und lachten sich kaputt. Ich wusste zwar nicht ganz genau, worüber, aber ich lachte vorsichtig mit, obwohl ich Rons Tanzkarriere alles andere als lächerlich fand. Was wussten die schon!

Wir hatten den Platz fast erreicht, als plötzlich aus dem Nichts ein Ball auf mich zuflog.

Ich ließ den Ballsack fallen, sprang hoch und köpfte den Ball – es war der aktuelle Champions-League-Ball – weg. Er landete genau in Jureks Händen.

»Wo kommt der Ball jetzt plötzlich her?«, fragte er.

Alle schauten sich um.

»Keine Ahnung«, sagte Otto. »Solche Bälle haben wir gar nicht.« Ich hob den Ballsack wieder auf.

»Ich glaub«, sagte Ahmed und sah nach oben, »er kommt aus dem Himmel. Hähä, vom Fußballgott.«

»So wird's sein«, sagte Jurek.

DEUTSCHLAND : DÄNEMARK

Ein halbes Jahr war vergangen. Der Bus fuhr uns über das Rollfeld.

Ich hatte nicht viel Gepäck. In der Infomail hatte gestanden, jede Nationalspielerin würde eine Saison-Ausstattung bekommen, also T-Shirts, Trainingsklamotten, Präsi-Kleidung, Steppjacke, Tasche, Trolley und vor allem Schuhe, richtig tolle Rasenschuhe. Ich flog nach Kopenhagen zu meinem ersten Länderspiel der U16-Juniorinnen. In Duisburg war ich beim Länderpokal für das Nationalteam gesichtet worden. Bei Blau-Weiß war ich geblieben, es war die beste Alternative – obwohl es immer noch viel schlimmer war, wenn *ich* einen Ball verschoss, als wenn das einem der Jungs passierte. Aber so war das eben.

Gleich würde ich abheben.

Dank

»Das Ziel ist das Ziel.« Meine Tochter Martha auf einer schier endlosen Bergtour.

Ich danke meinem Lektor Frank Griesheimer, mit dem ich viele schöne Fußballplätze angeschaut habe und der wie immer mit Meisterhand am Manuskript gearbeitet hat.